KB147164

www.prun21c.com

www.prun21c.com

www.prun21c.com

www.prun21c.com

심청전 · 운영전

책임편집 이병찬

성균관대학교 국어국문학과를 졸업하고 같은 학교 대학원에서 석사학위와 박사학위를 받았다. 현재 대진대학교 한국어문학부 교수이다. 저서로『동야 휘집 연구』,『고전문학 교육의 이해와 실제』,『포천의 설화와 문학』등이 있다.

한국 문학을 읽는다 20

심청전 · 운영전

인쇄 2016년 4월 1일
발행 2016년 4월 8일

지은이 · 작자 미상
펴낸이 · 김화정
펴낸곳 · 푸른생각
책임편집 · 이병찬 | 교정 · 김수란

등록 제310-2004-00019호
주소 서울시 중구 충무로 29(초동) 아시아미디어타워 502호
대표전화 02) 2268-8706(7) | 팩시밀리 02) 2268-8708
이메일 prun21c@hanmail.net
홈페이지 www.prun21c.com

ⓒ 푸른생각, 2016

ISBN 978-89-91918-44-3 04810
      978-89-91918-21-4 04810(세트)
값 12,900원

청소년의 꿈과 미래를 위한 양서를 만들고 있습니다.
잘못된 책은 푸른생각이나 구입처에서 교환해 드립니다.
이 도서의 국립중앙도서관 출판예정도서목록(CIP)은 서지정보유통지원시스템 홈페이지(http://seoji.nl.go.kr)와 국가자료공동목록시스템(http://www.nl.go.kr/kolisnet)에서 이용하실 수 있습니다. (CIP제어번호: CIP2016008111)

20

한국 문학을 읽는다

심청전
운영전

작자 미상

책임편집 이병찬

푸른생각
PRUNSAENGGAK

낮에 꿈꾸는 사람은 밤에만 꿈꾸는 사람에게는 찾아오지 않는 많은 것을 알고 있다.

— 에드거 앨런 포(미국의 시인 · 소설가 · 비평가. 1809~1849)

'행하기 어려운 효(孝)'와 '이룰 수 없는 사랑'의 비극

「심청전」은 부친의 눈을 뜨게 하기 위해 죽음으로 효(孝)를 실천한 심청의 일대기를 기술한 판소리계 소설이다. 이본은 다양하고 종류가 많은데, 크게 한글본과 한문본으로 나눌 수 있다. 한문본은 현재 2종밖에 알려져 있지 않고, 나머지는 한글본으로 필사본 · 목판본 · 활자본 등이 있다. 판소리 채록본으로는 신재효본과 이선유의 『오가 전집』에 수록된 「심청가」를 비롯하여 6~7종이 전한다.

근원 설화는 개안(開眼) 설화, 효행(孝行) 설화, 인신공희(人身供犧) 설화가 주된 설화이고, 그 외의 태몽 설화, 용궁 설화, 불교 설화 등이 부수적으로 활용되었다. 작품의 배경 사상에 대해서도 작품의 바탕에 인과 사상이 밑받침되어 있어 불교소설이라는 주장, 전반에는 유교의 효와 불교의 영험 사상이 섞여 있으나 후반은 도교 사상으로 귀결되어 있으므로 도교소설이라는 주장, 그리고 무속 · 유교 · 불교 · 도교 사상이 혼합되어 있다는 주장 등 세 갈래가 있다.

작품의 줄거리는 크게 두 부분으로 나누어진다. 그 분기점은 심청이가 인당수에 뛰어들어 죽는 부분인데, 전반부는 심청의 효행담이고 후반부는 심청의 결혼담이다. 심청을 기준으로 하면 이 소설은 성인식(initiation ceremony)이라는 통과의례적인 요소를 지닌 작품이다. 따라서 심청의 죽음은 보다 성숙한 인격체로 발전하기 위한 고난의 단계에 해당한다. 결국 전반은 심청이 부모 밑에서 미숙한 자아로서 효행에 충실한 소녀의 삶을 살아가는 이야기이며, 후반은 부모의 보호를 떠나 성숙한 인격체로서 결혼을 하여 살아가는 이야기이다. 결말에서는 전반의 효행이 결실을 맺어 아버지는 개안을 한다. 심청이는 황후로서 자식을 낳아 훌륭하게 키우는 한편, 나라도 태평성대를 이루게 된다는 행복담으로 끝을 맺는다. 효와 애정을 동시에 성취하고 가정과 국가에 크게 기여하는 심청의 삶은 조선 시대 민중들의 꿈을 대변한다. 하지만 이는 현실적으로는 실현이 거의 불가능한 일이다.

그런데 심 봉사를 중심으로 읽게 되면 이야기가 달라진다. 즉 전반부는 효에 관한 이야기이므로 같지만, 후반부는 심 봉사의 개안이 초점이 되므로 양상이 바뀌게 되는 것이다. 심 봉사는 심청의 희생으로 얻은 공양미 삼백 석을 몽은사에 바치지만, 여전히 눈을 뜨지 못한다. 그런데 홀로 남은 심 봉사의 언행이 급격하게 비속해진다. 전반부에선 점잖고 체면을 알던 양반의 모습이었던 심 봉사가, 후반부에서는 뺑덕 어미에게 농락당하는가 하면 길을 가다 마을 여인들과 성적인 농담을 주고받는 일도 서슴지 않는 인물로 변모된다. 이를 갑작스레 딸을 잃은 심리적인 충격으로 이해하기에는 어딘가 석연치 않은 것이다. 이러한 「심청전」의 한계는 공간적 이동을 따라가면 더욱 쉽게 알게 된다. 작품의 공간이 지상계에만 머물지 않고, 천상계→지상계→수중계→지상계의 순환 양상을 보이는데, 이는 보다 현실을 중시한 여타 판소리계 소설에 비한다면 상당히 퇴보한 모습이다.

「운영전」은 작자·창작 연대 미상의 작품으로, 「수성궁몽유록」, 또는 「유영전」으로도 일컬어진다. 한문본과 한글본이 있는데, 한문본이 선행본이다. 작자가 선조 때 인물인 유영이라는 설이 있으나 신빙하기 어렵다. 내용은 "유영이 안평대군의 옛집인 수성궁 터에 놀러 갔다가 거기서 안평대군의 궁녀였던 운영과 그녀의 연인 김 진사를 만나 그들의 비극적인 사랑 이야기를 듣는다. 세 사람이 술을 마셨는데 술에 취한 유영이 깨어나 보니, 두 사람은 간데없었다. 다만 김 진사의 기록만 옆에 있어서 유영이 이를 수습하여 왔다"는 일종의 액자소설이면서 몽유록계 소설이다.

「운영전」은 이러한 형태적인 특징 외에도 시점의 다양한 이동, 시간의 역전, 대화 속의 대화, 인용 속의 인용, 많은 한시의 삽입 등 여러 가지 측면에서 단조롭고 유형화된 일반적인 고소설과 구별된다. 궁중이라는 특수한 배경과 궁녀라는 특별한 신분은 비극적인 사랑을 잉태하기에 알맞은 상황을 빚어 내었다. 궁중이 그 자체로 외부 세계와는 철저히 차단된 폐쇄적인 공간인 데다 안평대군은 거기에 더하여 외부와의 교류와 왕래를 금하는 특명까지 내린다. 물론 나름대로의 사랑과 은혜를 베풀기는 하였으나, 결과적으로 궁녀들의 인간적인 욕구는 무시된 것이다. 그러나 이성을 그리워하는 사춘기 여성의 마음은 김 진사를 만나 목숨을 건 사랑에 빠진다. 이들의 사랑은 불안과 위험을 안고서 출발한 것이기 때문에 더욱 열렬하면서도 긴장감을 유발한다. 결국 안평대군이 모든 사실을 알게 되자, 운영은 자살을 선택하고 김 진사도 죽음에 이른다.

여주인공 운영의 비극은 도덕적 당위와 애정의 욕구를 모두 긍정하는 데서 출발한다. 김 진사 역시 마찬가지였다. 그들은 자신들에게 베풀어 준 안평대군을 속인 것에 대해 잘못을 인정하고 죄인임을 자처하지만, 자신들의 애정에도 솔직하여 이를 숨겨야 하는 일이나 잘못된 것으로 생각하지는 않았다. 운영의 동료인 다른 궁녀들도 죽음을 각오하고 이들을 변호하는 데 앞장선다는 사실은 작품의 의미를 더욱 강화해 준다. 사랑의 영원함은 특히 안평대군의 권세 및 화려했던 생활과 대비됨으로써 강조된다. 즉 현실의 유영이 마주하고 있는 수성궁의 황폐한 모습과, 꿈속이지만 죽어서도 하늘나라에까지 계속 이어지는 운영과 김 진사의 사랑이 묘한 대조를 이룬다.

이제껏 이 작품은 오직 운영과 김 진사의 '이룰 수 없는 사랑'을 그린, 염정소설 중에서 거의 유일한 비극소설이라는 것이 통설이다. 특히 비극적인 사랑을 허구적으로 엮어 낸 솜씨를 높이 평가하고, 작품의 우수성을 강조해 왔다. 작자 자신이 직접 몽유자가 아니라 유영이라는 인물을 내세워 비극적인 연애담을 전한다. 형인 수양대군의 야망에 의해 비명에 간 안평대군의 이미지와 운영으로 대표되는 궁녀의 연애담이 함께 결합되어 형상화된 작품이다. 유사한 작품으로 「영영전」이 있는데, 「운영전」처럼 꿈속의 이야기가 아닌 현실담이며 행복한 결말로 되어 있다. 이는 「운영전」을 현실적 구성으로 옮긴 것으로 추정된다.

푸른생각에서 기획하여 발행하는 '한국 문학을 읽는다' 시리즈는 작품의 원문을 충실하게 실었다. 어려운 단어에는 낱말풀이를 세심하게 달아 작품의 이해를 돕고, 본문의 중간중간에 소제목을 붙여 이야기의 흐름을 놓치지 않도록 하였다. 또한 각 작품에 들어가기 전에 등장인물을 소개하고, 수록한 작품 뒤에는 줄거리를 정리한 〈이야기 따라잡기〉를 마련해 놓았다. 그리고 〈쉽게 읽고 이해하기〉를 마련해 작품의 세계를 좀더 깊게 이해할 수 있도록 했다. 아울러 책의 끝에 작가가 확실한 작품의 경우에는 〈작가 알아보기〉를 제시해 작가의 생애를 독자들에게 소개하였다.

「심청전」은 「춘향전」과 더불어 가장 인기가 있었던 판소리계 소설이다. 이 작품이 구성에서 초월적인 세계에 대한 의존도가 크고, 심 봉사의 인물 묘사에 일관성이 없다는 단점에도 많은 인기를 누린 비결은 무엇일까. 그것은 바로 '효' 이전에·봉건사회의 이념을 뛰어넘는 부모와 자식 간의 사랑이다. 온갖 고생을 마다하지 않고 급기야 아버지를 위해서 죽음도 불사하는 심청과 딸을 살리기 위한 심 봉사의 처절한 부정(父情)이 오늘의 독자에게도 여전한 감동을 선사하기 때문일 것이다. 이에 더하여 「심청전」은 눈먼 심 봉사와 어린 심청을 향한 이웃들의 훈훈한 온정도 보여 준다. 이 작품을 읽고 사회적 약자들을 돌아보는 계기가 되기를 기대한다.

「운영전」은 사회적 장벽과 죽음을 초월한 지고지순한 사랑의 비극을 잘 형상화한 작품이다. 남녀 간의 사랑 또한 변질되어 쉽게 만나고 헤어지는 오늘날의 현실을 되돌아보게 해 준다. 작품의 구성 방식이나 표현 수법도 탁월하다. 이 작품은 '운영과 김 진사의 사랑'을 다룬 이야기인 동시에, 유영이라는 인물의 입사식(Initiation) 과정을 다룬 이야기로도 읽힌다. 즉 「운영전」의 성격과 「유영전」의 성격이라는 양면성을 함께 읽을 필요가 있는 것이다. 이 작품의 진정한 비극성은 주인공은 물론, 등장인물들 모두가 한결같이 자신들의 욕망을 제대로 실현하지 못하고 좌절하는 데서 찾을 수 있다.

2016년 3월
책임편집 이병찬

인생이란 진지하게 이야기하기에는 너무나 중요한 것이다.
— 오스카 와일드(아일랜드 시인, 소설가. 1854~1900)

한국 문학을 읽는다 **심청전 · 운영전**

일러두기

1 각각의 작품은 등장인물 소개—작품 게재—이야기 따라잡기—쉽게 읽고 이해하기의 순서로 되어 있습니다.

2 독자의 이해를 돕기 위해 원문의 한자나 어려운 옛말은 현대어로 풀어 주었고, 낱말 풀이를 상세하게 달았으며, 중간중간에 소제목을 붙였습니다.

3 〈등장인물〉에서는 작품에 등장하는 주요 등장인물을 소개하고 간단하게 설명하였습니다.

4 〈이야기 따라잡기〉에서는 작품의 줄거리를 요약 정리하였습니다.

5 〈쉽게 읽고 이해하기〉에서는 작품을 감상하는 데 필요한 핵심적인 요소를 짚어 주었습니다.

6 마지막으로 〈작가 알아보기〉에서는 작가의 생애와 작품 활동, 작품 세계 등을 이해할 수 있습니다. 작가가 알려지지 않은(작자 미상) 작품의 경우에는 〈작가 알아보기〉가 생략되어 있습니다.

「심청전」은 심청이 공양미 삼백 석에

인당수의 제물이 되었다가

환생하여 황후가 되고 아버지를 만나

아버지 눈을 뜨게 한다는 내용을 통해,

민중의 가난한 삶에 희망을 주고,

효의 중요성을 말하고 있다.

심청전(沈淸傳)

낳아서 길러 주신 부모 은덕을 이제 갚지 못하면
후에 불행하신 날에 애통한들 갚겠어요?

등장인물

심청   어린 나이부터 동냥, 품팔이 등을 하여 아버지를 봉양하고, 아버지의 눈을
뜨게 하기 위하여 공양미 삼백 석에 자기의 몸을 제물로 팔 정도로 효성이
지극한 딸이다. 순종적이며 자기 희생적이다.

심학규   황주 도화동에 사는 양반의 후예로 눈이 멀어 심 봉사라 부른다. 어린 심청
을 동냥젖으로 키운 헌신적인 아버지이지만, 눈을 뜰 수 있다는 화주승의
말에 선뜻 공양미 삼백 석을 약속하고 뺑덕 어미를 처로 삼은 행동에서는
즉흥적이며 경솔한 면이 보인다.

곽씨 부인   심학규의 부인이며 심청의 어머니. 눈먼 남편을 정성껏 봉양한다. 늦도록
자식이 없다가 명산대찰에 빌어 심청을 낳으나 이레 만에 세상을 뜬다. 죽
은 후 광한전의 옥진부인으로 환생하여 심청과 용궁에서 재회한다.

장 승상 부인   무릉촌에 사는 귀부인. 심청이 어질고 효행이 지극하다는 소문을 듣고
양녀로 삼으려 하고, 공양미 삼백 석을 대신 내어 주겠다고 할 정도로 심청
을 아낀다.

뺑덕 어미   심청이 팔려 간 뒤 홀로 남은 심 봉사의 첩이 된 여인. 심 봉사의 재산을 보
고 같이 살았을 뿐, 형편이 어려워지자 곧 도망가는 속물적인 인물이다.

황제   황후를 잃고 정원의 꽃을 바라보며 위안을 삼던 중, 남경 상인들의 선주가
바친 연꽃에서 나온 심청을 만나 혼인한다.

안씨   심 봉사가 황성 가던 길에 만난 맹인 여인. 심 봉사가 자신의 배필이 되리라
는 것을 점술로 미리 알고 있었다. 심 봉사와 혼인하여 부귀영화를 누린다.

심청전

심청이 태어나다

송나라 말년에 황주 도화동에 한 사람이 있었는데, 성은 심(沈)이고, 이름은 학규(鶴圭)였다. 대대로 내려오며 벼슬을 한 집안으로 이름이 났었으나, 집안 형편이 기울어지고 스무 살이 못 되어 눈 못 보게 되니, 벼슬길이 끊어지고 높은 자리에 오를 희망이 사라졌다. 시골에서 어렵게 사는 처지이고 보니 도와주는 일가친척도 없고 게다가 눈까지 어두우니 누구 하나 대접하는 이 없건마는, 양반의 후예로 행실이 청렴하고 지조가 곧아서 그 동네의 눈 뜬 사람은 모두 그를 칭찬하였다.

그 아내 곽씨(郭氏) 부인은 어질고 지혜로워서 임사(姙姒, 중국 주나라 문왕의 어머니 태임[太姙]과 무왕의 어머니 태사[太姒]) 같은 덕행과 장강(莊姜, 중국 춘추 시대 위나라 장공의 아내) 같은 아름다움과 목란(木蘭, 중국 양나라의 효녀로, 늙은 아버지 대신 전쟁에 나갔음) 같은 절개를 가졌다. 『예기(禮記)』, 『가례(家禮)』, 『시경(詩經)』 중에 본받을 대목은 모르는 것이 없었다. 제사를 받드는 법이나 손님을 대접하는 법을 비롯하여 동네 사람과 화목하고 가장(家長)을 공경하고 살림하는 솜씨며 무슨 일이고 못하는 것이 없이 다 잘하였다.

그러나 물려받은 재산 없이 집 한 칸에 많지 않은 세간살이로 끼니조차 잇기 힘들었다. 들에는 논밭이 없고 행랑에는 종이 없어, 가련하고 어진 곽씨 부인이 몸소 품을 팔아 삯바느질을 하였다. 일 년 삼백예순 날을 잠시라도 놀지 아니하고 품을 팔아 모으는데 푼[分]을 모아 돈[錢]이 되면 돈을 모아 냥(兩)을 만들고, 냥을 모아 관(貫)이 되면 이 동네 저 동네에서 실수 없이 받아들여 봄 가을로 시제(時祭, 철마다 지내는 종묘의 제사)와 집안 제사를 받드는 것이며, 앞 못 보는 가장을 공경하고 시중드는 것이 한결같으니 가난과 병신은 조금도 허물됨이 없고 먼 마을 사람들까지도 부러워하고 칭찬하는 중에 재미나게 세월을 보내었다.

그러나 그같이 지내는 중에도 심학규의 가슴에는 한 가지 품은 억울한 한(恨)이 있으니, 슬하에 자식이 하나도 없음이었다. 하루는 심 봉사가 마누라를 곁에 불러 앉히고 말하였다.

"여보, 마누라."

"예."

"사람이 세상에 생겨 부부야 누군들 없겠소마는, 전생에 무슨 은혜로 이승에 부부 되어, 앞 못 보는 나를 위해 잠시도 놀지 않고, 밤낮으로 벌어다가 어린아이 받들듯이, 행여 배고플까, 행여 추워할까, 의복 음식 때 맞추어 극진히 공양하니, 나는 편하다 하겠지만, 마누라 고생하는 일이 도리어 편치 못하니, 이제부터는 나한테 너무 마음쓰지 말고 사는 대로 살아갑시다. 우리 나이 마흔이 되도록 슬하에 자식이 없어 조상 제사를 끊게 되었으니, 죽어 저승에 간들 무슨 면목으로 조상을 뵈오며, 우리 부부 신세를 생각하면 죽어서 장례를 치를 일이나, 해마다 돌아오는 제삿날에 밥 한 그릇 물 한 모금 그 누가 차려 주겠소? 명산대찰에 공이나 들여 보아, 다행히 눈면 자식이라도 아들이고 딸이고 간에 낳아 보면 평생 한을 풀 것이니, 지성으로 빌어 보시오."

곽씨가 대답하였다.

"우리에게 자식 없음은 다 저의 탓이라, 마땅히 내쫓을 일인데도 당신의 넓으신 덕택으로 지금까지 살아오고 있습니다. 자식 두고 싶은 마음이야 밤낮으로 간절하여, 몸을 팔고 뼈를 간들 못 하겠습니까마는, 집안 형편도 어렵고, 바르고 곧으신 당신 성품에 어떻게 생각하실지 몰라 말을 꺼내지 못했는데, 먼저 말씀하시니 지성으로 공을 들여 보겠습니다."

이렇게 대답하고 그날부터 품을 팔아 모은 재물로, 온갖 정성을 다 들여 불공과 시주를 갖가지로 다 지내고, 집에 들어 있는 날은 조왕 성주 지신제를 극진히 드렸더니, 공든 탑이 무너지며 심은 나무가 꺾어지겠는가. 갑자년 사월 초파일에 꿈 하나를 얻었는데 이상할 뿐 아니라 해괴하였다. 천지가 더욱 명랑하고 상서로운 기운이 허공에 서리며 오색 꽃 구름이 피더니 선인옥녀(仙人玉女)가 계수나무 꽃가지를 손에 들고 내려오더니 부인 앞에 두 번 절하고 곁으로 와서,

"저는 서왕모(西王母, 중국의 선녀)의 딸이었는데, 반도 복숭아 진상하러 가는 길에 옥진비자(玉眞妃子)를 만나 둘이 노닥거리느라 시간을 좀 어겼

더니, 상제께 죄를 얻어 인간에 내치시매 갈 바를 모르고 있는데, 태상
노군(太上老君, 춘추 시대 말기의 사상가이며 도가의 시조인 노자를 높여 부르는 말)
과 후토부인(后土夫人, 토지를 맡아 다스리는 여신), 모든 부처와 보살, 석가여
래님이 부인 댁으로 가라 하시기에 왔사오니, 어여삐 받아 주소서."
하고는 품속으로 들어오기에 놀라 깨어 보니 꿈이었다.

　즉시 봉사님을 깨워 꿈 이야기를 하니 두 사람의 꿈이 서로 같았다.
그날 밤에 어찌했던지, 과연 그달부터 태기가 있었다. 곽씨 부인 마음을
어질게 가지고, 바르지 않은 자리에는 앉지 않고, 깨끗하지 않은 음식은
먹지 않으며, 음탕한 소리는 듣지 않고, 나쁜 것은 보지 않으며, 가장자
리에는 서지 않고, 삐뚤어진 자리에는 눕지 않았다. 이렇게 하면서 열
달이 되니 하루는 해산기가 있었다.

　"애고, 배야! 애고, 허리야!"

　심 봉사가 한편으로는 반갑고 한편으로는 놀라서 짚 한 줌을 깨끗이
추려 깔고 정화수 한 사발을 소반에 받쳐 놓고 단정히 꿇어앉아,

　"비나이다, 비나이다, 삼신 제왕님께 비나이다. 곽씨 부인 늘그막에
낳는 아이오니 헌 치마에 외씨 빠지듯 순산하게 해 주옵소서."
하고 비는데, 난데없는 향내가 방에 가득하고, 오색 무지개가 둘러 정신
이 가물가물한 가운데 아이를 낳고 보니 딸이었다. 심 봉사가 삼을 갈라
(탯줄을 끊어) 뉘어 놓고 어쩔 줄 모르고 기뻐하는데, 곽씨 부인이 정신을
차리고 나서 물었다.

　"여보시오, 봉사님. 아들 딸 가운데 무엇인가요?"

　심 봉사가 크게 웃고 아기의 아랫도리를 만져 보니, 손이 나룻배 지나

듯 거침없이 지나간다.

"아마도 묵은 조개가 햇조개를 낳았나 보오."

곽씨 부인 서러워하여 하는 말이,

"공을 들여 늘그막에 얻은 자식이 딸이란 말이오?"

심 봉사가 이른 말이,

"마누라, 그런 말일랑 마오. 첫째는 순산이요, 딸이라도 잘 두면 어느 아들과 바꾸겠소. 우리 이 딸 고이 길러 예절부터 가르치고, 바느질 베 짜기를 두루두루 가르쳐서 요조숙녀 되거들랑, 좋은 배필 가리어서 사이 좋게 살게 되면, 우리도 사위에게 의탁하고 외손에게 제사를 잇게 하지 못하겠소?"

하며, 첫국밥 얼른 지어 삼신상에 올려놓고 옷매무새 바로 하고 두 손 들어 빌었다.

"비나이다, 비나이다. 삼십삼천 도솔천 모든 석가님께 비오니, 삼신 제왕님네 모두 한마음으로 굽어보옵소서, 사십 넘어 점지한 자식을 한두 달에 이슬 맺혀 석 달에 피 어리고, 넉 달에 사람 모습 생기고 다섯 달에 살갗 생겨, 여섯 달에 육정 나고, 일곱 달에 골격 생겨 사만팔천 털이 나고, 여덟 달에 찬김(차가운 기운) 받아 금강문 해탈문 고이 지나 순산하오니 삼신님네 덕이 아니신가. 비록 무남독녀 딸이오나 동방삭(東方朔, 삼천 갑자, 즉 18만 년을 살았다고 하는 인물)의 명(命, 수명)을 주어, 태임의 덕행이며 대순(大舜, 중국 전설 속의 제왕 순 임금. 효심이 지극했다고 함) 증삼(曾參, 공자의 제자 증자. 효성으로 유명함) 효행이며 기량(杞梁) 처의 절행(기량이란 사람이 전쟁터에서 죽자 한 지인이 길에서 그 처에게 조의를 표했는데, 예가 아니라고 받지 않았다는 고사가 있음)이며 반희(班姬, 한나라 성제의 후궁. 시를 잘 지었다고 함)의 재질이며, 복은 석숭(石崇, 중국의 유명한 부자)의 복을 점지하며 가이없는 복을 주어, 외 붓듯 달 붓듯 잔병 없이 잘 자라게 해 주옵소서."

더운 국밥 퍼다 놓고 산모를 먹인 뒤에 혼잣말로 아기를 얼렀다. "금자동아, 옥자동아. 어허 간간 내 딸이야. 표진강 숙향이가 네가 되어 살아왔나. 은하수 직녀성이 네가 되어 내려왔나. 남전 북답 장만한들 이보다 더 반가우며, 산호 진주 얻었은들 이보다 더 반가울까. 어디 갔다 이제 와 생겼느냐."

심청의 어머니가 세상을 떠나다

이렇듯이 즐기더니 곽씨 부인 뜻밖에 산후 뒤탈이 났다. 어질고 음전한(말이나 행동이 의젓하고 점잖은) 곽씨 부인 해산한 지 초칠일 못다 가서 바깥 바람을 많이 쐬어 병이 났다.

"애고 배야, 애고 머리야, 애고 가슴이야, 애고 다리야."

지향 없이 온몸을 앓으니, 심 봉사가 기가 막혀 아픈 데를 두루 만지며,

"여보, 여보, 마누라, 정신 차려 말을 하오. 식음을 전폐하니 속이 비어 어찌하오. 도리 없이 죽게 되었으니 이게 웬일이오? 만일 불행하여 마누라가 죽게 되면 눈 어두운 이놈의 팔자, 일가친척 하나 없는 혈혈단신 외로운 이 내 몸은 올 데 갈 데 없어지니 그 또한 원통한데 강보에 싸인 딸아이는 어찌한단 말이오?"

병세가 점점 위중하니 심 봉사가 겁을 내어 건너 마을 성 생원을 모셔

다가 진맥한 후에 약을 쓴들 죽을병에는 약이 없는 법이다. 병세 점점 깊어져서 속절없이 죽게 되니, 곽씨 부인도 살지 못할 줄 알고 남편의 손을 잡고,

"여보시오, 서방님. 내 말씀 들어 보오. 우리 부부 늙어 백 년을 같이 살자 하였거늘 정해진 수명을 못 이기고 결국은 죽을 테니, 죽는 나는 서럽지 아니하나 장차로 가군(家君)의 신세 어찌하면 좋으리오. 내가 만일 죽게 되면 의복치레 누가 거두며 아침저녁 식사를 누가 챙겨 줄까? 외로운 몸이니 의탁할 곳이 전혀 없는지라, 지팡막대 거머잡고 더듬더듬 다니다가 도랑에 떨어지고 돌에도 발길 채어 넘어져 신세를 자탄하여 우는 모양이 눈으로 보는 듯하고 추위와 배고픔을 못 이기어 이 집 저 집 다니면서 '밥 좀 주오!' 슬픈 소리가 귀에 쟁쟁이 들리는 듯하니 죽은 혼이 차마 어찌 듣고 보며, 밤낮없이 바라다가 사십 후에 낳은 자식 젖 한 번 못 먹이고 죽다니 무슨 일인고! 어미 없는 어린것을 누가 젖 먹여 길러 내며, 춘하추동 사시절을 무엇 입혀 길러 내리! 이 몸이 뜻밖에 죽게 되면 머나먼 황천(黃泉)길을 눈물이 가려 어찌 가며, 앞이 막혀 어찌 갈꼬!"

후유 한숨을 길게 하고,

"여보시오, 봉사님. 저 건너 김 동지 댁에 열 냥을 맡겼으니 그 돈일랑 찾아다가 내 죽은 초상에 쓰시고, 항아리에 넣은 양식 해산 쌀로 두었다가 못 먹고 죽어가니 장사나 치른 다음 양식으로 쓰시고, 진 어사 댁 관복 한 벌, 흉배에 수놓다가 끝내지 못하고서 보에 싸 농 안에 넣었으니 남의 귀중한 의복일랑 나 죽기 전에 보내시고, 뒷마을 귀덕 어미는 나와

친한 사람이니 내가 죽은 뒤에라도 어린아이 안고 가서 젖 좀 먹여 달라 하면 괄시는 아니하리다. 하늘이 도와 저 자식이 죽지 않고 살아나서 제 발로 걷거들랑 앞세우고 길을 물어 내 무덤에 찾아와서 '아가 아가, 이 무덤이 너의 어머니 무덤이다' 라고 또렷하게 가르쳐서 모녀 상봉 시켜 주오. 천명(天命, 타고난 수명)을 못 이겨 앞 못 보는 가장에게 어린 자식 떼쳐 두고 영 이별로 돌아가니, 가군께서 애통하여 귀하신 몸 상하게 하지 말고 건강하소서. 이승에서 미진한 일 후생에서 다시 만나 이별 없이 살고 싶소."

유언하고 한숨 쉬며 돌아누워 어린아이에게 얼굴을 대고 혀를 찼다.

"애고 애고, 잊은 게 있네요. 저 아이 이름을 심청이라 지어 주고, 나 끼던 옥가락지 이 함 속에 있으니, 심청이 자라거든 날 본 듯이 내어 주고, 나라에서 내려주신 수복강녕(壽福康寧, 오래 살고 행복하며, 건강하고 평안함) 태평안락(太平安樂, 세상이 안정되어 아무 걱정이 없고 편안하고 즐거움) 양편에 새긴 돈을 고운 비단 주머니에 주홍 당사 벌 매듭 끈을 달아 두었으니, 그것도 내어 채워 주셔요. 이 애 주려고 만든 굴레 진 옥판 붉은 술에 진주 드림 붙여 달아 함 속에 넣었으니, 아기가 엎치락뒤치락 하거들랑 나 본 듯이 씌워 주오."

하고 잡았던 손을 뿌리치고 한숨짓고 돌아누워 어린아이를 잡아당겨 얼굴을 한데 문지르며 혀를 끌끌 차며,

"천지도 무심하고 귀신도 야속하다. 네가 진작 생기거나 내가 좀 더 살거나, 너 낳자 나 죽으니 가없는 이 설움을 너로 하여 품게 하니, 죽는 어미 사는 자식 생사간에 무슨 죄냐? 뉘 젖 먹고 살아나며 뉘 품에서 잠

을 자리. 애고, 아가, 내 젖 마지막 먹고 어서어서 자라거라."

두 줄기 눈물에 낯이 젖는다. 한숨지어 부는 바람 소슬바람 되어 있고, 눈물 맺어 오는 비는 보슬비가 되어 있다. 하늘은 나직하고 검은 구름 자욱한데 수풀에 우는 새는 둥지에 잠이 들어 고요히 머무르고, 시내에 도는 물은 돌돌돌 소리내며 흐느끼듯 흘러가니 하물며 사람이야 어찌 아니 설워하리. 말을 마치고 딸꾹질 두세 번에 숨이 덜컥 그쳤다. 슬프다, 곽씨 부인은 이미 다시 이승 사람이 아니었다.

슬프다. 사람의 수명을 어찌 하늘이 돕지 못하는가! 심 봉사가 그제야 죽은 줄 알고,

"애고 애고, 마누라, 참으로 죽었는가? 이게 웬일인고."

가슴을 쾅쾅 두드리며 머리를 탕탕 부딪치며 내리궁글(궁글다 : 뒹굴다의 사투리) 치궁글며 엎어지며 자빠지며 발 구르며 슬퍼하며,

"여보, 마누라. 그대 살고 내가 죽으면 저 자식을 키울 것을, 내가 살고 그대 죽어 저 자식을 어찌 키운단 말이오? 애고 애고, 모진 목숨, 살자 하니 무엇을 먹고 살며, 함께 죽자 한들 어린 자식 어찌할까. 애고! 동지 섣달 찬바람에 무엇 입혀 키워 내며, 달은 지고 어두운 빈방 안에 젖 먹자 우는 소리 뉘 젖 먹여 살려 낼까? 마오 마오, 제발 죽지 마오. 평생 정한 뜻이 같이 죽어 한데 묻히자더니 염라국이 어디라고 날 버리고 저것을 두고서 죽는단 말이오? 인제 가면 언제 오리, 애고, 겨울 지나 봄이 되면 친구 따라 오려는가, 여름 지나 가을 되면 달을 따라 오려는가. 꽃도 졌다 다시 피고 해도 졌다 돋건마는, 우리 마누라 가신 데는 가면 다시 못 오는가. 하늘나라 요지연(瑤池宴, 요지에서 벌어진 잔치. 요지는 중국

곤륜산에 있다는 연못)에 서왕모를 따라갔나, 월궁항아(月宮姮娥, 달에 있는 궁
에 산다는 전설 속의 선녀) 짝이 되어 약을 찾아 올라갔나, 황릉묘(黃陵廟, 순
임금의 두 왕비인 아황과 여영의 사당) 두 부인께 회포 풀러 올라갔나. 회사정
(懷沙亭)에 통곡하던 사씨 부인(김만중의 소설 「사씨남정기」의 주인공) 찾아갔
나. 나는 뉘를 찾아갈까, 애고 애고, 설운지고."
하고 애통할 때 도화동 사람들이 남녀노소 모두 모여 눈물을 흘리며 하
는 말이,

　"음전하던 곽씨 부인 불쌍히도 죽었구나. 우리 동네 백여 집이 십시일
반(十匙一飯, 열 사람이 한 술씩만 보태어도 한 사람이 먹을 밥은 되니, 여러 사람이 힘
을 합하면 한 사람쯤은 구제하기 쉽다는 말)으로 장례나 치러 주세."

　공론이 모아져서 수의와 관을 마련하여 양지바른 곳을 가리어서 사흘
만에 장례할 때 슬픈 소리로 상두가(상여를 끌고 가며 부르는 노래)를 불렀다.

　　원어 원어 원어리 넘차 원어.
　　북망산이 멀다더니 건넛산이 북망일세.
　　원어 원어 원어리 넘차 원어.
　　황천길이 멀다더니 방문 밖이 황천이라.
　　원어 원어.
　　불쌍하다 곽씨 부인, 행실도 음전하고 재질도 기이터니,
　　늙도 젊도 아니해서 영결종천하였구나.
　　원어, 원어, 원어리 넘차, 원어.
　　어화 너화 원어.

　이리 저리 건너갈 때 심 봉사 거동 보라. 어린아이 강보에 싼 채 귀덕

어미 맡겨 두고, 지팡막대 흩어 짚고 논틀밭틀(논두렁이나 밭두렁을 따라 난 좁은 길) 좇아와서 상여 뒤채 부여잡고, 목은 쉬어 크게 울진 못하고,

"여보, 마누라. 내가 죽고 마누라가 살아야 어린 자식 살려 내지. 천하 천지 몹쓸 마누라, 그대 죽고 내가 살아 초칠일 못다 간 어린 자식, 앞 못 보는 내가 어찌 키워 낼꼬. 애고 애고."

하였다.

그럭저럭 건너가 안산으로 돌아들어 양지바른 자리를 가려서 깊이 묻은 후에 평토제(平土祭, 장례 때 관을 묻은 후 무덤을 땅 표면처럼 평평하게 다지는 것)를 지내는데, 심 봉사가 본래부터 맹인이 아니라 이십 후의 실명이라 머릿속에는 들어 있는 학식이 많으므로 원한이 사무치는 축문(祝文, 제사 때 하늘과 땅의 신령에게 읽어 아뢰는 글)을 지어 몸소 읽었다.

아아, 부인이여, 아아, 부인이여! 그토록 음전하던 부인이여,
그 누군들 따를 수가 있으리오.
한평생 같이 살자 기약하고, 급히 떠나 어디로 갔소.
이 아일 남겨 두고 떠나가니 이것을 어찌 길러 내며
한 번 가면 못 돌아올 저승에서 어느 때나 오려는가.
깊은 산에 묻혀 있어 자는 듯이 누웠으니
말 못 하고 조용하니 보고 듣기 어려워라.
눈물 흘러 옷깃 적셔 젖는 눈물 피가 되고
애끊는 마음으로 빌어 본들 살 길이 전혀 없다.
그대 생각 간절하나 바라본들 어이하며
그대 잃고 탄식하니 누구를 의지한단 말인가
백양나무 달이 지니 산은 적막 밤 깊은데

울음소리 들리는 듯 무슨 말을 하소연한들,
이승 저승 길이 달라 그 뉘라서 위로하리.
후세에나 만나려나 이승에는 한이 없네.
변변찮은 제물이나 많이 먹고 돌아가오.

축문을 막 읽더니 숨이 넘어갈 듯하여,

"애고 애고. 이게 웬일인고. 가오 가오, 날 버리고 가는 부인 탓하여 무엇하리. 황천으로 가는 길에 주막이 없으니 뉘 집에 자고 가리, 가는 데나 내게 일러 주오."

슬피 우니 장례에 온 손님들이 말려 진정시켰다.

심 봉사는 부인을 쓸쓸한 곳에 혼자 묻어 두고 허둥지둥 돌아오니, 부엌 안은 쓸쓸하고 방 안은 텅 비어 있는데 분향은 그저 피어 있었다. 휑뎅그렁한 빈방 안에 홀로 누웠으니 어찌 마음이 온전할까? 벌떡 일어서더니 이불도 만져 보고 베개도 더듬으며, 전에 덮던 이부자리 전과 같이 있지마는 독수공방 누구와 함께 덮고 자겠는가? 농짝도 쾅쾅 치며 바느질 상자도 덥석 만져 보고, 머리 빗던 빗도 제멋대로 던져도 보고, 받은 밥상도 더듬더듬 만져 보고, 부엌을 향하여 공연히 불러도 보았다.

심 봉사가 동냥젖을 먹여 심청이를 키우다

이때 이웃집 귀덕 어미가 사람 없는 동안에 데려다 돌보아 주었다가 건너와 아기를 주고 가는지라, 심 봉사는 이를 받아 품에 안고서 지리산 갈가마귀 게 발 물어다 던진 듯이 혼자 우뚝 앉았으니 슬픔이 하늘에 사무치거늘 품안에 어린것이 자지러져 울어 댔다.

어린아이 품에 품고,

"너의 어머니 무상하다, 너를 두고 죽었지? 오늘은 젖을 얻어먹었으니 내일은 뉘 집에 가 젖을 얻어먹여 올까. 애고 애고, 야속하고 무상한 귀신이 우리 마누라를 잡아갔구나."

이렇게 애통하다가 마음을 돌려 생각하였다.

'죽은 사람은 다시 살아올 수 없는 법이라. 할 수 없으니 이 자식이나 잘 키워 내리라.'

그럭저럭 그날 밤은 넘기는데 아기 젖 못 먹어 기진하니 심 봉사는 어두운 눈이 더욱 침침하여 어찌할 바를 모를 때, 동녘이 밝아 오자 우물가에 두레박 소리가 귀에 얼른 들리기에 날이 새었음을 짐작하고, 문을 활짝 열어젖히며 단숨으로 우당탕 밖에 나가 애걸하였다.

"우물가에 오신 부인 뉘신 줄은 모르나 칠 일 만에 어미 잃고 젖 못 먹어 죽게 된 이 아기를 젖 좀 먹여 주오."

그러나 그 부인 대답하였다.

"나는 젖이 없소마는 젖 있는 여인네가 이 동네에 많으므로 아기 안고 찾아가서 좀 먹여 달라 하면 누가 괄시하겠소?"

심 봉사는 그 말을 듣자 품속에다 아기 안고 한 손에는 지팡이를 거머잡고 더듬더듬 동네로 걸어가서 젖먹이 있는 집을 찾아 사립문을 밀치고 안으로 들어서며 애걸복걸 빌었다.

"이 댁이 뉘시온지 사릴 말씀 있나이다."

"어쩐 일로 오셨소?"

"어진 우리 아내 인심으로 생각하나 눈먼 나를 보더라도 어미 잃은 우리 아기, 이 아니 불쌍하오! 댁의 아기 먹고 남은 젖이 있거든 이 애 좀 먹여 주오."

근방의 부인네들 심 봉사의 사정을 알므로 한없이 측은히 여겨서 아기 받아 젖을 먹이고 돌려주며 말하였다.

"여보시오, 봉사님. 어렵게 생각 말고 내일도 안고 오고, 모레도 안고 오면 이 애를 설마 굶게 하겠소."

여러 번 절하며 감사하고 아기를 품에 안고 집으로 돌아와서는 요를 덮어 뉘어 놓고, 아기가 노는 사이에 심 봉사는 동냥을 다녔다.

또 육칠월 김매는 여인 쉬는 참 찾아가서 애걸하여 얻어먹이고, 또 시냇가에 빨래하는 데도 찾아가면 어떤 부인은 달래다가 따뜻이 먹여 주며 훗날도 찾아오라 하고, 또 어떤 여인은,

"이제 막 우리 아기 먹였더니 젖이 없구만요."

하였다. 젖을 많이 얻어먹여서 아기 배가 볼록하면 심 봉사가 좋아라고 양지 바른 언덕 밑에 쪼그려 앉아 아기를 얼렀다.

아가 아가 자느냐. 아가 아가 웃느냐.
어서 커서 너의 어머니 같이 어질고 똑똑하여
효행 있어 아비에게 귀한 일을 보여라.

하루라도 아이를 맡길 사람이 없어서 아이 젖을 얻어 먹여 뉘어 놓은 뒤에, 사이사이 동냥할 때 삼베 전대 두 동 지어 한 머리는 쌀을 받고 한 머리는 벼를 받아 모으고, 장날이면 가게마다 다니며 한 푼 두 푼 얻어

모아 아이 간식거리로 갱엿이나 홍합도 샀다. 이렇게 살면서 매월 초하루 보름과 소상(小祥, 사람이 죽은 지 1년 만에 지내는 제사), 대상(大祥, 사람이 죽은 지 두 돌 만에 지내는 제사), 기제사(忌祭祀, 해마다 사람이 죽은 날에 지내는 제사)를 염려 없이 지냈다. 심청이는 장래 귀하게 될 사람이라, 천지 귀신이 도와주고 여러 부처와 보살이 남몰래 도와주어 잔병 없이 자라나서 제 발로 걸어다니며 어린 시절을 지났다.

어린 심청, 동냥을 다니며 아버지를 봉양하기 시작하다

무정한 세월은 물 흐르듯 하여 어느덧 예닐곱 살이 되니, 얼굴이 아름답고 행동이 민첩하고, 효행이 뛰어나고 생각이 깊고 어진 성품이었다. 아버지의 진지도 잘 챙기고 어머니의 제사를 법도대로 할 줄 아니, 누구나 다 칭찬하였다.

하루는 아버지에게 말하였다.

"까마귀 같은 새짐승도 저녁이 되면 먹을 것을 물어다가 제 어미를 먹일 줄 아는데 하물며 사람이 새짐승만 못하겠어요? 아버지 눈 어두우신데 밥 빌러 가시다가 높은 데 깊은 데와 좁은 길로 여기저기 다니다가 엎어져서 상하기 쉽고, 비바람 부는 궂은 날과 눈서리 치는 추운 날이면 병이 나실까 밤낮으로 염려됩니다. 제 나이 예닐곱이나 되었는데 낳아서 길러 주신 부모 은덕을 이제 갚지 못하면 후에 불행하신 날에 애통한들 갚겠어요? 오늘부터 아버지는 집이나 지키시면 제가 나서서 밥을 빌어다가 끼니 걱정 덜게 해 드리겠어요."

심 봉사가 웃으며 말하였다.

"네 말이 기특하구나. 인정은 그러하나 어린 너를 내보내고 앉아 받아먹는 내 마음은 어찌 편하겠느냐. 그런 말 다시 마라."

심청이 다시 여쭈었다.

"자로(子路, 공자의 제자)는 어진 사람으로 백 리 길에 쌀을 져다 부모를 봉양하였고, 제영(緹縈, 한나라 때 순우의의 딸로 효녀로 유명함)은 어진 여자였지만 낙양 감옥에 갇힌 아버지를 제 몸 팔아 구해 냈다는데, 그런 일을 생각하면 사람이 예나 지금이 다르겠어요? 고집하지 마셔요."

심 봉사가 옳게 여겨,

"기특하다 내 딸아, 효녀로다 내 딸아. 네 말대로 그리 하여라."

하고 허락하였다. 심청이 이날부터 밥 빌러 나설 적에 먼 산에 해 비치고 앞마을에 연기 나면, 헌 버선에 대님 치고 말기(치마나 바지 따위의 맨 위에 둘러서 댄 부분)만 남은 베 치마, 앞섶 없는 겹저고리 이렁저렁 얽어매고, 청목(靑木, 검푸른 물을 들인 무명) 휘양(추울 때 머리에 쓰는 방한 모자. 뒤가 길어 목덜미와 뺨까지 쌈) 둘러쓰고 버선 없이 발을 벗고, 뒤축 없는 신을 끌고 헌 바가지 옆에 끼고 노끈 매어 손에 들고, 엄동설한 모진 날에 추운 줄을 모르고 이 집 저 집 문 앞 들어가서 간절히 비는 말이,

"어머니는 세상 버리시고 우리 아버지 눈 어두워 앞 못 보시는 줄 뉘 모르시겠어요? 십시일반이오니 밥 한 술만 덜 잡수시고 나누어 주시면 눈 어두운 저의 아버지 시장은 면하겠습니다."

보고 듣는 사람들이 마음에 감동하여 밥 한 술, 김치 한 그릇을 아끼지 않고 주며 먹고 가라 하는 사람이 있으면, 심청이 하는 말이,

"추운 방에 늙으신 아버지가 기다리고 계실 텐데 저 혼자만 먹겠습니까? 어서 바삐 돌아가서 아버지와 함께 먹지요."

이렇게 얻어서 두세 집 밥을 모아서 넉넉하면 급히 돌아와서 방문 앞에 들어서며,

"아버지, 춥고 시장하지 않으셨어요? 오래 기다리셨지요? 여러 집을 다니다 보니 이렇게 더디었어요."

심 봉사가 딸을 보내고 마음 둘 데 없어 탄식하다가 이런 소리를 얼른 반겨 듣고 문을 펄쩍 열고 두 손 덥석 잡고,

"손 시렵지?"

하며 손을 입에 대고 훌훌 불며, 발도 차다고 어루만지며, 혀를 끌끌 차고 눈물을 글썽이며,

"애고 애고, 애닯구나 너의 어머니. 무정하다 내 팔자야. 너를 시켜 이렇게 밥을 빌어먹고 살다니. 애고 애고, 모진 목숨 구차히 살아서 자식 고생만 시키는구나."

심청이 극진한 효성으로 아버지를 위로하기를,

"아버지, 그런 말씀 마셔요. 부모를 봉양하고 자식의 효도 받는 게 이치에 떳떳하고 사람의 도리에 당연하니, 그런 걱정일랑 마시고 진지나 잡수셔요."

하며 아버지 손을 잡고,

"이것은 김치고, 이것은 간장이어요. 시장하신데 많이 잡수셔요."

이렇듯이 공양하며 춘하추동 사시절 없이 동네 거지 되었더니, 한 해 두 해 너댓 해 지나가니 천성이 재빠르고 바느질 솜씨가 뛰어나 동네 바

느질로 공밥 먹지 아니하고, 삯을 주면 받아 와서 아버지 의복과 반찬하고, 일 없는 날은 밥을 빌어 근근히 지냈다.

심청이 승상 부인의 수양딸 되기를 거절하다

세월이 물 흐르듯 흘러가서 심청의 나이 열다섯 살이 되었다. 얼굴이 빼어나고 효행이 뛰어나며 행동이 침착하고 하는 일이 비범하니 타고난 성품이지 가르쳐서 될 일인가? 여자 중의 군자요, 새 중의 봉황이었다. 이러한 소문이 온 이웃에 자자하니, 하루는 월명 무릉촌 장 승상 댁 하녀가 들어와서, 부인이 심청이를 부른다 하기에 심청이 아버지께 여쭈었다.

"어른이 부르시니 다녀오겠습니다. 제가 가서 더디더라도 잡수실 진지상을 보아 두었으니 시장하시거든 잡수셔요. 부디 저 오기를 기다려 조심하셔요."

하녀를 따라가며 손을 들어 가리키는 데를 바라보니, 문 앞에 심은 버들 아늑한 마을을 둘러 있고, 안중문에 들어서니 규모도 굉장하고 대문과 창문에는 무늬가 찬란한데, 머리가 반쯤 센 부인이 옷매무새 단정하고 살결이 깨끗하여 복스럽게 보였다. 심청이를 보고 반겨하여 손을 쥐며,

"네가 과연 심청이냐? 듣던 말과 같구나."

하며 자리에 앉게 한 뒤에 가련한 처지를 위로하고 자세히 살펴보니, 타고난 미인이었다. 옷깃을 여미고 앉은 모습은 비 갠 맑은 시냇가에 목욕하고 앉은 제비가 사람 보고 놀라는 듯, 황홀한 저 얼굴은 하늘 가운데

돋은 달이 수면에 비치었고, 바라보는 저 눈길은 새벽빛 맑은 하늘에 빛나는 샛별 같고, 두 뺨에 고운 빛은 늦은 봄 산자락에 부용이 새로 핀 듯, 두 눈의 눈썹은 초생달 같고, 흐트러진 머리털은 새로 자란 난초 같았다. 입을 벌려 웃는 양은 모란화 한 송이가 하룻밤 비 기운에 피고자 벌어지는 듯, 흰 이를 드러내어 말을 하니 농산(隴山, 중국 섬서성 농현 서북쪽에 있는 산. 앵무새의 서식지로 유명함)의 앵무였다.

부인이 칭찬하였다.

"전생의 일을 내가 어찌 알겠느냐마는 분명히 선녀로다. 도화동에 내려오니 월궁에 놀던 선녀가 벗 하나를 잃었구나. 오늘 너를 보니 우연한 일이 아니로다. 무릉촌에 내가 있고 도화동에 네가 나니, 무릉촌에 봄이 들고 도화동에 꽃이 핀다. 내 말을 들어라. 승상이 일찍 세상을 버리시고, 두셋 있는 아들이 서울에 가 벼슬하니 다른 자식 손자 없고, 슬하에 재미 없고 눈앞에 말벗 없구나. 너의 신세 생각하니 양반의 후예로 저렇듯 어려우니 어찌 아니 불쌍하랴. 내 수양딸이 되면 살림도 가르치고 글공부도 시켜 친딸같이 길러 내어 말년 재미 보려 하니, 네 뜻이 어떠하냐?"

심청이 일어나 두 번 절하고 말하였다.

"팔자가 기구하여 태어난 지 이레 안에 어머니가 세상을 버리셔서, 눈 어두운 아버지가 동냥젖 얻어먹여 겨우 살았습니다. 오늘 승상 부인께서 저의 미천함을 헤아리지 않으시고 딸을 삼으려 하시니, 어머니를 다시 뵈온 듯 황송하고 감격하여 마음을 둘 곳이 전혀 없습니다. 부인의 말씀을 따르면 몸은 영화롭고 부귀하겠지만, 눈 어두우신 우리 아버지 음식 공양과 사철 의복 누가 돌보아 드리겠습니까? 낳아서 길러 주신 부모님 은혜는 누구에게나 있지마는 저에게는 더욱 남다른 데가 있습니다. 아버지가 아니었다면 제가 이제까지 살았겠습니까? 제가 만일 없게되면 저의 아버지 남은 수명을 마칠 길이 없을 테니 애틋한 정으로 서로 의지하여 제 몸이 다하도록 길이 모시려 하옵니다."

말을 마치며 눈물이 얼굴에 젖는 모습은 봄바람에 가는 빗방울이 복사꽃에 맺혔다가 점점이 떨어지는 듯하니, 부인도 또한 가련하여 등을 어루만지며,

"네 말 들으니 과연 하늘이 낸 효녀로다. 마땅히 그래야지. 늙고 정신 없는 내가 미처 생각지 못했구나."

그러는 가운데 날이 저무니 심청이 말하였다.

"부인의 크신 덕을 입어 종일토록 모셨으니, 이제 날이 저물었기로 급히 돌아가 아버지의 기다리시는 마음을 위로코자 합니다."

부인이 말리지 못하고 아쉬운 마음을 달래며 옷감과 양식을 후히 주어 시비(侍婢), 곁에서 시중을 드는 계집종)와 함께 보낼 때,

"심청아, 내 말 듣거라. 너는 부디 나를 잊지 말고 모녀간의 의(義)를 두면 이 늙은이의 다행이 되리라."

하니 심청이 대답하기를,

"부인의 고마우신 뜻이 이러하시니 삼가 그 말씀을 따르도록 하겠습니다."

하며 절하고 급히 집으로 돌아왔다.

심 봉사가 화주승에게 공양미 삼백 석을 약속하다

그 무렵 심 봉사는 무릉촌에 딸을 보내고서 말벗 없이 홀로 앉아 심청을 기다리는데, 배고파 등에 붙고 방은 추워 턱이 떨어질 지경인데, 잘 새(밤이 되어 자려고 둥우리를 찾아드는 새)는 날아들고 먼 절에서 쇠북 소리 들리니 날 저문 줄 짐작하고 혼자 하는 말이,

'내 딸 심청이는 무슨 일에 빠져서 날이 저문 줄 모르는고. 주인에게 잡히어 못 오는가, 저물게 오는 길에 동무에게 붙잡혀 있는가?'

눈바람에 길 가는 사람 보고 짖는 개소리에,

"심청이 오느냐?"

하면서 반기기도 하고, 괜히 눈보라가 떨어진 창가에 부딪치기만 해도 행여 심청이 오는 소리인가 하여 반겨 나서면서,

"심청이 너 오느냐?"

하고 나가 봐도 적막한 빈 뜰에 인적이 없으니 공연히 속았구나. 심 봉사가 갑갑하기에 지팡막대 거머잡고 딸 마중 나가 본다.

더듬더듬 주춤주춤 사립 밖에 나가다가 한 길 넘은 비탈에 발이 삐끗 개천에 밀친 듯이 떨어지니, 얼굴은 흙빛이요 의복은 얼음이라. 두 눈을 희번덕, 두 팔을 허위적, 뒤뚱거리다 도로 더 빠지며 나오자니 미끄러져 어쩔 수 없이 죽게 되었다. 아무리 소리친들 해는 저물고 행인은 끊겼으니 누가 건져 주리. 그래도 죽을 사람 구해 주는 부처님은 곳곳마다 있는 법이었다.

마침 이때 몽운사의 화주승(化主僧, 시주를 얻어 절의 양식을 대는 중)이 절을

새로 지으려고 시주책을 둘러메고 내려왔다가, 청산은 어둑어둑하고 눈 덮인 들판에 달이 돋아올 때, 돌밭 비탈길로 절을 찾아가는데 바람결에 애처로운 소리가 들렸다.

"사람 살려!"

화주승은 자비한 마음에 소리나는 곳을 찾아가니, 어떤 사람이 개천에 빠져서 거의 죽게 되었다. 급한 마음에 짚고 있던 대지팡이와 바랑(중이 등에 지고 다니는 자루 모양의 큰 주머니)을 바위 위에 휙 던져 두고, 굴갓(모자 위를 둥글게 대로 만든 갓. 벼슬을 가진 중이 썼음)과 먹물 장삼을 벗어 놓고, 육날 미투리(신날을 여섯 가닥으로 하여 삼은 미투리) 행전(한복 바지를 입었을 때, 발목에서 장딴지 위까지 바짓가랑이를 둘러싸는 물건), 대님, 버선도 훨훨 벗어 놓고, 누비바지, 저고리 똘똘 말아 추켜 올려 붙이고는, 급히 뛰어들어가서 심 봉사의 고추상투(늙은이의 조그마한 상투)를 덥썩 잡아 들어올려 건져 놓으니, 전에 보던 심 봉사였다. 심 봉사가 정신 차려 물었다.

"허허, 이게 웬일이오? 나 살린 이 그 뉘시오?"

화주승이 대답하였다.

"소승은 몽운사 화주승이오."

"그렇지, 사람을 살리는 부처로군요. 살려 주신 은혜 백골난망(白骨難忘, 죽어서 살은 썩고 흰 뼈만 남아도 은혜를 잊을 수 없음)이오."

화주승이 심 봉사를 업어다 방 안에 앉히고 젖은 의복을 벗겨 놓고 마른 옷을 입힌 후에 물에 빠진 까닭을 물었다. 심 봉사는 신세를 한탄하다가 전후 사정을 말하니, 그 중이 봉사더러 하는 말이,

"딱하시군요. 우리 절 부처님은 영험이 많으셔서 빌어서 아니 되는 일

이 없고 구하면 응답을 주신답니다. 공양미(供養米) 삼백 석을 부처님께 올리고 지성으로 불공을 드리면 반드시 눈을 떠서 성한 사람이 되어 세상을 다시 보게 될 것이오."

심 봉사가 집안 형편은 생각지 않고 눈 뜬단 말에 혹하여,

"여보시오, 대사! 공양미 삼백 석을 권선문(勸善文, 불가에서 선[善]을 권하는 글발)에 적어 가시오."

화주승이 허허 웃고,

"여보시오, 댁의 집안 형편을 살펴보니 삼백 석을 무슨 수로 장만하겠소."

심 봉사가 홧김에 하는 말이,

"여보시오, 어느 쇠아들 놈이 부처님께 적어 놓고 빈말하겠소? 눈 뜨려다가 앉은뱅이 되게요. 사람을 업신여겨 그런 걱정일랑 말고 적으시오."

화주승이 바랑을 펼쳐 놓고 제일 윗줄 붉은 칸에,

'심학규 쌀 삼백 석.'

이라 적어 가지고 인사하고 돌아갔다.

그런 뒤에 심 봉사는 화주승을 보내고 다시금 생각하니, 시주 쌀 삼백 석을 장만할 길이 없어 복을 빌려다가 도리어 죄를 얻게 되니 이 일을 어이하리. 이 설움 저 설움, 묵은 설움 햇설움이 동무 지어 일어나니 견디지 못하여 울음을 터뜨렸다.

"내가 공을 드리려다 만약에 죄가 되면 이를 장차 어찌한단 말인고? 천지가 아주 공평하여 별로 후하고 박함이 없건마는, 이내 팔자 어찌하여 맹인 되어 형세조차 가난하고, 일월같이 밝은 것을 분별할 길 전혀

없고, 처자 같은 친한 사람 대하여도 못 보는가. 우리 아내 살았더면 끼니 근심 없을 것을, 다 커 가는 딸자식을 온 동네에 내놓아서 품을 팔고 밥을 빌어 근근히 살아가는 형편에 공양미 삼백 석을 자신 있게 적어 놓고 백 가지로 생각한들 방법이 없구나. 빈 단지를 기울인들 한 되 곡식 되지 않고, 장롱을 뒤져 본들 한 푼 돈이 어디 있나. 오두막집 팔자 한들 비바람 못 피하니 살 사람이 뉘 있으리. 내 몸을 팔자 하니 한 푼 돈도 싸지 않아 내라도 안 사겠네. 어떤 사람 팔자 좋아 눈과 귀가 완전하고 손발이 다 성하며, 부부가 해로하고 자손이 그득하며 곡식이 그득하고 재물이 쌓여 있어 써도 써도 못다 쓰고 아쉬운 것 없건마는, 애고 애고, 내 팔자야. 나 같은 이 또 있는가? 앉은뱅이 곱사등이 서럽다 하더라도 부모 처자 바로 보고, 말 못 하는 벙어리가 서럽다 하더라도 천지 만물 볼 수 있네."

한창 이리 탄식할 때에 심청이 바삐 들어와서 닫힌 방문을 벌떡 열고,

"아버지!"

하고 부르더니, 아버지 모습 보고 깜짝 놀라 발을 구르면서 온몸을 두루 만지며,

"아버지, 이게 웬일이어요? 나를 찾아 나오시다가 이런 욕을 보셨나요, 이웃집에 가셨다가 이런 봉변 당하셨나? 춥긴들 오죽하며 분함인들 오죽하리. 승상 댁 노부인이 굳이 잡고 만류하여 하다 보니 늦었어요."

승상 댁 하녀를 불러 부엌에 있는 나무로 불 좀 지펴 달라 부탁하고, 치마폭을 걷어쥐고 눈물 흔적 씻으면서 얼른 밥을 지어 아버지 앞에 상을 놓는다.

"진지를 잡수셔요. 더운 진지 가져왔으니 국을 먼저 잡수셔요."

손을 끌어 가리키며,

"이것은 김치고, 이것은 자반이어요."

"나 밥 안 먹으련다."

심 봉사는 얼굴 가득 근심 띤 빛으로 밥 먹을 뜻이 조금도 없었다.

"아버지, 웬일이어요? 어디 아파 그러셔요? 늦게 왔다고 화가 나셨나요?"

"아니다. 너 알아 쓸데없다."

"아버지, 그게 무슨 말씀이어요? 부자간 천륜이야 무슨 허물 있겠어요? 아버지는 저만 믿고 저는 아버지만 믿어 크고 작은 일을 의논해 왔는데, 오늘날 말씀이 '너 알아 쓸데없다' 하시니. 부모 근심은 곧 자식의 근심이라, 제 아무리 불효한들 말씀을 아니하시니 제 마음이 서럽습니다."

심 봉사가 그제야 말하기를,

"아가 아가, 울지 마라. 내가 무슨 일로 너를 속이랴만, 네가 알게 되면 지극한 너의 마음 걱정만 되겠기로 말하지 못하였다. 아까 너를 기다리다 저물도록 안 오기에 하도 갑갑하여 너를 찾아 나가다가 한 길이 넘는 개천에 빠져서 거의 죽게 되었더니, 뜻밖에 몽운사 화주승이 나를 건져 살려 놓고 하는 말이, '공양미 삼백 석을 진심으로 시주하면 생전에 눈을 떠서 천지만물 보리라' 하더구나. 홧김에 적고 중을 보내고 생각하니, 한 푼 돈 한 톨 쌀이 없는 터에 삼백 석이 어디서 난단 말이냐? 도리어 후회로구나."

심청이 그 말을 반갑게 듣고 아버지를 위로한다.

"아버지, 걱정 마시고 진지나 잡수셔요. 후회하면 정성이 못 되옵니다. 아버지 눈을 떠서 천지만물 보신다면 공양미 삼백 석을 어떻게 해서든지 준비하여 몽운사로 올리지요."

"네가 아무리 애를 쓴들 이런 어려운 형편에 어찌 할 수 있겠느냐?"

심청이 여쭙기를,

"왕상(王祥)은 한겨울에 얼음 깨서 잉어를 얻었고(왕상은 중국 서진 때의 효자로, 계모가 한겨울에 물고기를 원하자 곧 강으로 가서 옷을 벗고 얼음 위에 누워 얼음을 녹여 고기를 잡으려고 하니 두 마리의 잉어가 뛰어 나왔다고 함), 곽거(郭巨, 중국 후한 때의 효자)라 하는 사람은 부모의 반찬을 해 놓으면 제 자식이 상머리에 앉아 집어 먹는다고 그 자식을 산 채로 묻으려 하다가 금항아리를 얻어 부모를 봉양하였다 합니다. 제 효성이 비록 옛사람만 못하지만 지성이면 감천이라 하니, 공양미는 얻을 길이 있을 테니 깊이 근심 마셔요."

갖가지로 위로하고, 그날부터 목욕재계하여 몸을 깨끗이 하며 집을 청소하고 뒤꼍에 단을 쌓아, 밤이 깊어 사방이 고요할 때 등불을 밝혀 놓고 정화수 한 그릇을 떠 놓고 북쪽을 향하여 빌었다.

"아무 달 아무 날에 심청은 삼가 두 번 절하고 비옵나이다. 하느님이 만드신 해와 달은 사람에게는 눈과 같사옵니다. 해와 달이 없사오면 무슨 분별 하겠습니까? 저의 아비 무자생(戊子生)으로 삼십 안에 눈이 어두워 사물을 못 보오니 아비 허물을 제 몸으로 대신하옵고 아비 눈을 밝혀 주옵소서."

심청이 공양미 삼백 석에 몸을 팔기로 하다

하루는 유모 귀덕 어미가 오더니,

"아가씨, 이상한 일 보았나이다."

"무슨 일이 이상하오?"

"어떠한 사람인지 십여 명씩 다니면서, 값은 어떻든 십오 세 처녀를 사겠다고 다니니 그런 미친 놈들이 있소?"

심청이 속마음으로 반겨 듣고,

"여보, 그 말 진정이오? 정말 그리 될 양이면, 그 다니는 사람 중에 노숙하고 점잖은 사람을 불러오되, 말이 밖에 나지 않게 조용히 데려오오."

귀덕 어미 대답하고 과연 데려왔는지라, 처음은 유모를 시켜 사람 사려는 까닭을 물으니,

"우리는 본디 남경(南京) 뱃사람으로 장사차로 배를 타고 만 리밖에 다니더니, 배 갈 길에 인당수(印塘水)라 하는 물이 있어 변화 불측하여 자칫하면 몰사를 당하는데, 인당수를 지나갈 때 십오 세 처녀를 제물로 제사를 지내면, 가이없는 너른 바다를 무사히 건너고 수만 금 이익을 내기로, 몸을 팔려 하는 처녀가 있으면 값을 아끼지 않고 주겠습니다."

하기에 심청이 반겨 듣고,

"나는 이 동네 사람인데, 우리 아버지가 앞을 못 보셔서 '공양미 삼백 석을 지성으로 불공하면 눈을 떠 보리라' 하기로, 집안 형편이 어려워 장만할 길이 전혀 없어 내 몸을 팔려 하니 나를 사 가는 것이 어떠하오? 내 나이 십오 세라 그 아니 적당하오?"

뱃사람들이 이 말을 듣고 심청이를 보더니 마음이 착잡하여 다시 볼
정신이 없어, 고개를 숙이고 묵묵히 섰다가,

"효성이 지극하나 가련하군요."

이렇듯이 칭찬한 후에, 저의 일이 중요하기에,

"그리하오."

하고 허락하니 심청이 물었다.

"배 떠나는 날이 언제입니까?"

"내달 십오 일이 배 떠나는 날이오니, 그리 아옵소서."

서로 약속하고, 그날로 뱃사람들이 즉시 쌀 삼백 석을 몽운사로 날라
다 주고,

"오는 삼월 보름날에 배가 떠나기로 되어 있습니다."

하고 갔다.

심청이가 귀덕 어미를 백 번이나 단속하여 말 못 나게 한 연후에, 집
으로 돌아와 아버지에게 여쭈었다.

"아버지."

"왜 그러느냐?"

"공양미 삼백 석을 몽운사에 이미 실어다 주었으니, 이제는 근심치 마
셔요."

심 봉사가 깜짝 놀라,

"너, 그 말이 웬 말이냐? 삼백 석이 어디 있어 몽운사로 보냈어?"

심청같이 타고난 효녀가 어찌 아버지를 속일까마는, 어찌할 수 없는
형편이라 잠깐 거짓말로 속여 대답한다.

"무릉촌 장 승상 댁 노부인이 달포(한 달 이상이 되는 동안) 전에 저를 수양딸로 삼으려 하셨는데 차마 허락지 않았습니다. 그러나 지금 형편으로는 공양미 삼백 석을 장만할 길이 전혀 없기로 이 사연을 노부인께 말씀드렸더니, 쌀 삼백 석을 내어 주시기에 수양딸로 팔리기로 했습니다."

심 봉사가 물정도 모르면서 이 말만 반겨 듣고,

"그렇다면 고맙구나. 그 부인은 한 나라 재상의 부인이라 아마도 다르리라. 복을 많이 받겠구나. 저러하기에 그 아들 삼 형제가 벼슬길에 나아갔나 보구나. 그나저나 양반의 자식으로 몸을 팔았단 말이 듣기에 괴이하다마는 장 승상 댁 수양딸로 팔린 거야 어떻겠느냐. 언제 가느냐?"

"다음 달 보름날에 데려간다 합디다."

"어허, 그 일 매우 잘되었다."

부녀간에 이같이 이야기하고, 아비를 위로한 후, 심청이는 그날부터 뱃사람을 따라갈 일을 곰곰 생각하니, 눈 어두운 백발 아비 영 이별하고 죽을 일과 사람이 세상에 나서 열다섯 살에 죽을 일이 정신이 아득하고 일에도 뜻이 없어 식음을 전폐하고 근심으로 지내다가, 다시금 생각하였다.

'엎질러진 물이요, 쏘아 놓은 화살이다.'

날이 점점 가까워 오니 생각하기를,

'내 몸이 죽어지면, 춘하추동 사시절에 아버지 의복을 누가 다 챙길까? 내가 살았을 때 아버지 의복 빨래나 해 두리라.'

하고, 춘추 의복 갓 상침(박아서 지은 겹옷이나 보료, 방석 따위의 가장자리를 실밥이 겉으로 드러나도록 꿰매는 일) 겹것 하절 의복 한삼 고의, 박아 지어 들여 놓고, 동절 의복 솜을 넣어 보에 싸서 농에 넣고, 청목으로 갓끈 접어 갓에 달아 벽에 걸고, 망건 꾸며 당줄 달아 걸어 두고, 배 떠날 날을 헤아리니 하룻밤이 남아 있다.

밤은 깊어 자정인데 은하수 기울어져 촛불이 희미할 때, 두 무릎을 마주 꿇고 머리를 숙이고 한숨을 길게 쉬니, 아무리 효녀라도 마음이 온전하겠는가.

'아버지 버선이나 마지막으로 지으리라.'

하고 바늘에 실을 꿰어 손에 들고, 가슴이 답답하고 두 눈이 침침, 정신이 아득하여 하염없는 울음이 가슴속에서 솟아올라, 복받쳐 오르는 울음소리에 아버지가 깰까 하여 크게 울지는 못하고 흐느끼며 아버지 얼굴에다가 얼굴을 가만히 대어 보고 손발도 만져 본다.

"날 볼 날이 몇 밤인가? 내가 한 번 죽어지면 여단수족(如斷手足, 손발을 잘린 것과 같다는 뜻. 요긴한 사람이나 물건이 없어져서 몹시 아쉬움을 비유하여 이르는 말) 우리 아버지, 누굴 믿고 사실까? 애닯도다, 우리 아버지. 내가 철을 알고 나서 밥 빌기를 놓으시더니, 이제 내 몸이 죽어지면 내일부터라도 동네 걸인 되겠구나. 눈총인들 오죽하며, 괄시인들 오죽할까? 아버지 곁에 내가 모셔 백 세까지 공양하다가 이별을 당하여도 망극한 이 설움이 측량할 수 없을 텐데, 하물며 이러한 생이별이 세상에 또 있을까. 몹쓸 년의 팔자로다. 칠 일 만에 어머니 잃고 아버지조차 이별하니 이런 일도 또 있을까? 살아서 당한 이별이야 소식 들을 날이 있고 만날 날이 있건마는, 우리 부녀 이별이야 어느 날에 소식 알며 어느 때에 또 만날까. 돌아가신 어머니는 황천으로 가 계시고 나는 이제 죽게 되면 수궁으로 갈 것이니, 수궁에서 황천 가기 몇만 리, 몇천 리나 되는고? 모녀 상봉하려 한들 어머니가 나를 어찌 알며, 내가 어찌 어머니를 알리. 묻고 물어 찾아가서 모녀 상봉하는 날에 응당 아버지 소식을 물으실 테니 무슨 말씀으로 대답하리. 오늘밤 새벽 때를 함지(咸池, 해가 진다고 하는 서쪽의 큰 못)에다 머물게 하고, 내일 아침 돋는 해를 부상(扶桑, 해가 뜨는 동쪽 바다 속에 있다고 한 상상의 나무)에다 매어 두면 가련하신 우리 아버지 좀더 모셔 보련마는, 날이 가고 달이 가니 누가 막을쏘냐. 애고 애고, 설운지고."

천지가 사정 없어 이윽고 닭이 우니 심청이 기가 막혀,

"닭아 닭아, 우지 마라. 제발 덕분에 우지 마라. 반야(半夜, 한밤중) 진관(秦關, 진나라 국경 관문인 함곡관)에서 닭 울음 기다리던 맹상군(孟嘗君, 중국 제나라의 공족. 진나라 소양왕에게 초빙을 받아 재상이 되었으나 의심을 받아 죽음을 당하게 되었을 때 좀도둑질 잘하고 닭 울음소리를 잘 내는 문객들의 도움으로 위기를 모면하였음. 후일 제나라와 위나라의 재상을 역임하고 독립하여 제후가 되었음)이 아니로다. 네가 울면 날이 새고, 날이 새면 나 죽는다. 죽기는 서럽지 않으나, 의지 없는 우리 아버지 어찌 잊고 가잔 말이냐?"

심청이 아버지와 이별하고 상인들에게 팔려 가다

어느덧 동방이 밝아 와 심청이 아버지 진지나 마지막 지어 드리려고 문을 열고 나서니, 벌써 뱃사람들이 사립문 밖에서,

"오늘이 배 떠나는 날이오니 빨리 가게 해 주시오."

하니, 심청이 이 말을 듣고 얼굴빛이 없어지고 손발에 맥이 풀리며 목이 메고 정신이 어지러워 뱃사람들을 겨우 불러,

"여보시오, 선인네들. 나도 오늘이 배 떠나는 날인 줄 이미 알고 있으나, 내 몸 팔린 줄을 우리 아버지가 아직 모르십니다. 만일 아시게 되면 지레 야단이 날 테니, 잠깐 기다리면 진지나 마지막으로 지어 잡수시게 하고 말씀 여쭙고 떠나게 하겠어요."

하니 뱃사람들이,

"그리 하시지요."

하고 허락하였다. 심청이 들어와 눈물 섞어 밥을 지어 아버지께 올리고, 아무쪼록 진지 많이 잡수시도록 하느라고 상머리에 마주 앉아 자반도 떼어 수저 위에 올려놓고 쌈도 싸서 입에 넣어,

"아버지, 진지를 많이 잡수셔요."

심 봉사는 철도 모르고,

"오냐, 많이 먹으마. 오늘은 반찬이 유난히 좋구나. 뉘 집 제사 지냈느냐."

심청이 기가 막혀 속으로만 느껴 울며 훌쩍훌쩍 소리 나니, 심 봉사는 물색 없이 귀 밝은 체 말을 한다.

"아가, 너 몸 아프냐? 감기가 들었나 보구나. 오늘이 며칠이냐? 오늘이 열닷새지, 응?"

그날 밤에 꿈을 꾸었는데, 부자간은 천륜지간이라 꿈에 미리 보여 주는 바가 있었다. 심 봉사가 간밤 꿈 이야기를 하며,

"아가, 이상한 일도 있더구나. 간밤에 꿈을 꾸니, 네가 큰 수레를 타고

한없이 가 보이더구나. 수레라 하는 것이 귀한 사람이 타는 것인데 우리 집에 무슨 좋은 일이 있을란가 보다. 그렇지 않으면 무릉촌 장 승상 댁에서 가마 태워 가려나 보다."

심청이 들어 보니 분명히 자기 죽을 꿈이로다. 속으로 슬픈 생각 가득하나, 겉으로는 아무쪼록 아버지가 안심하도록,

"그 꿈 참 좋습니다."

대답하고, 진지상을 물려내고 담배 피워 물려 드린 뒤에, 밥상을 앞에 놓고 먹으려 하니 간장이 썩는 눈물은 눈에서 솟아나고, 아버지 신세 생각하며 저 죽을 일 생각하니 정신이 아득하고 몸이 떨려 밥을 먹지 못하고 물렸다. 그런 뒤에 심청이 사당에 작별을 고하려고 들어갈 때, 다시 세수하고 눈물 흔적 없앤 후에 깨끗한 의복 갈아입고 후원에 들어가서, 사당 문을 가만히 열고 술과 과실을 차려 놓고 작별 인사를 올렸다.

"못난 여손(女孫) 심청이는 아비 눈 뜨기를 위하여 남경 장사 선인들에게 삼백 석에 인당수 제물로 몸이 팔려 가오니, 조상 제사를 끊게 되어 사모하는 마음을 이기지 못하겠습니다. 소녀가 죽더라도 아비의 눈 뜨게 하고 착한 부인 만나 아들 낳고 딸을 낳아 대를 이어 조상께 향을 올리게 하소서."

이렇게 축원하고 문 닫으며 우는 말이,

"소녀가 죽사오면 이 문을 누가 여닫으며, 동지, 한식, 단오, 추석 사 명절이 온들 주과포혜를 누가 다시 올리오며, 분향 재배 누가 할꼬? 조상의 복이 없어 이 지경이 되옵는지, 불쌍한 우리 아버지 강근지친(强近之親, 가까운 일가친척) 전혀 없고, 앞 못 보고 형제 없어 믿을 곳이 없이 되

니 어찌 잊고 죽어 갈까?'

하고 울며 작별 인사를 하고 사당문 닫은 뒤에 아버지 앞에 나와 두 손을 부여잡고 '아버지' 부르더니 말 못 하고 기절한다. 심 봉사가 깜짝 놀라,

"아가 아가, 이게 웬일이냐? 정신 차려 말하거라."

심청이 정신 차려,

"아버지!"

"오냐."

"제가 불효 여식으로 아버지를 속였어요. 공양미 삼백 석을 누가 저에게 주겠어요. 남경 뱃사람들에게 인당수 제물로 몸을 팔아 오늘이 떠나는 날이니 저를 마지막 보셔요."

사람의 슬픔이 극진하면 가슴이 막히는 법이라, 심 봉사 하도 기가 막혀 놓으니 울음도 아니 나오고 실성을 하는데,

"애고 애고, 이게 웬말인고? 참말이냐, 농담이냐? 말 같지 아니하다. 못 가리라, 못 가리라. 네가 나더러 묻지도 않고 네 마음대로 한단 말이냐? 네가 살고 내가 눈을 뜨면 그는 마땅히 할 일이나, 자식 죽여 눈을 뜬들 그게 차마 할 일이냐? 너의 어미 늦게야 너를 낳고 초이레 안에 죽은 뒤에, 눈 어두운 늙은 것이 품안에 너를 안고 이 집 저 집 다니면서 구차한 말 해 가면서 동냥 젖 얻어먹여 이만치 자랐는데, 내 아무리 눈 어두우나 너를 눈으로 알고, 너의 어머니 죽은 뒤에 걱정 없이 살았더니 이 말이 무슨 말이냐? 마라 마라, 못 하리라. 아내 죽고 자식 잃고 내 살아서 무엇하리? 너하고 나하고 함께 죽자. 눈을 팔아 너를 살 터에 너를 팔아 눈을 뜬들 무엇을 보려고 눈을 뜨리? 어떤 놈의 팔자길래 사궁지

수(四窮之首, 살아가기에 매우 딱한 네 가지 처지, 즉 늙은 홀아비, 늙은 홀어미, 부모 없는 아이, 자식 없는 늙은이 중 첫째인 늙은 홀아비) 된단 말이냐? 네 이놈 상놈들아! 장사도 좋지마는 사람 사다 제사하는 데 어디서 보았느냐? 하느님의 어지심과 귀신의 밝은 마음, 앙화(殃禍, 죄의 앙갚음으로 받는 온갖 재앙)가 없겠느냐? 눈먼 놈의 무남독녀 철모르는 어린아이 나 모르게 유인하여 값을 주고 산단 말이냐? 돈도 싫고 쌀도 싫다. 네 이놈 상놈들아. 옛 글을 모르느냐? 칠년대한(七年大旱, 칠 년 동안이나 내리 계속되는 큰 가뭄. 중국 은나라 탕왕 때에 있었던 큰 가뭄) 가뭄 때에 사람으로 빌라 하니 탕(湯) 임금 어지신 말씀, '내가 지금 비는 바는 사람을 위함인데 사람 죽여 빌 양이면 내 몸으로 대신하리라.' 몸소 희생되어 몸을 정히 하여 상림(桑林) 뜰에 빌었더니 수천 리 너른 땅에 큰비가 내렸느니라. 이런 일도 있었으니 내 몸으로 대신 감이 어떠하냐? 여보시오, 동네 사람. 저런 놈들을 그저 두고 보오?"

이렇듯이 심 봉사는 홀로 큰 소리 하더니 이를 갈며 죽기로 기를 쓰는지라. 심청이가 허겁지겁 아버지를 붙잡는다.

"아버지! 아버지! 이 일은 남의 탓이 아니오니 그리 마소서. 저는 이미 죽지마는 아버지는 눈을 떠서 밝은 세상 보시고, 착한 사람 구하셔서 아들 낳고 딸을 낳아 후사나 전하고, 못난 딸자식은 생각지 마시고 오래오래 평안히 계십시오. 이것 또한 천명이니 후회한들 어찌하겠어요?"

부녀가 서로 붙잡고 뒹굴며 통곡하니 도화동의 남녀노소 모두 슬퍼하였다. 뱃사람들도 모두 눈물을 흘렸다. 그중의 한 사람이,

"여보시오. 영좌(領座, 한 마을이나 단체의 우두머리가 되는 사람. 여기서는 선장)

영감! 하늘이 낸 큰 효(孝) 심 소저는 말할 것도 없거니와 심 봉사 저 영감이 참으로 불쌍하니, 우리 뱃사람 저 양반 남은 일생일랑 굶지 않도록 살림을 꾸며 주면 어떻겠소?"

"그 말이 옳소."

하고 쌀 이백 석과 돈 삼백 냥이며, 무명 삼베 각 한 동씩 마을에 들여 놓고 동네 사람들을 모아 당부하였다.

"쌀 이백 석과 돈 삼백 냥을 착실한 사람 주어 실수 없이 온전하게 늘려 심 봉사에게 바칩시다. 삼백 석 가운데 이십 석은 올해 양식으로 제하고, 나머지는 해마다 빚을 주어 이자를 받으면 양식이 넉넉할 테고, 무명 삼베로는 사철 의복 장만해 드리기로 하고, 이런 내용을 관청에 공문으로 보내고 마을에도 알립시다."

종중(宗中, 한 겨레붙이의 문중[門中])에서 의논하여 그리하고 그 연유를 통문(通文, 여러 사람의 이름을 적어 차례로 돌려 보는 통지문) 내어 균일하게 구별하였다. 구별을 다 짓고 나서 심청에게 가자 할 때, 무릉촌 장 승상 댁 부인이 그제야 이 말을 듣고 급히 하녀를 보내어 심청이를 부르기에, 심청이 하녀를 따라가니 승상 부인이 문밖에 내달아 심청의 손을 잡고 울며 말하였다.

"네 이 무정한 사람아, 나는 너를 자식으로 여겼는데 너는 나를 어미같이 알지를 않았구나. 말을 들으니 뱃사람들에게 쌀 삼백 석에 몸이 팔려 죽으러 간다 하니 효성이 지극하다마는, 네가 살아 세상에 있어 하는 것만 같겠느냐? 그토록 일이 되었거든 나와 의논했더라면 이 지경을 당하지는 않았을 것을! 쌀 삼백 석을 이제라도 다시 내어 줄 것이니 뱃사람들 도로 주고 당치 않은 말 다시 말라."

심청이는 이 말 듣고 한동안 생각하더니 태연스레 말하였다.

"당초에 말씀 못 드린 것을 이제야 후회한들 무엇하겠습니까? 또한 부모를 위해 공을 드릴 것이라면 어찌 남의 명분 없는 재물을 바라며, 쌀 삼백 석을 도로 내어 주면 뱃사람들 일이 낭패이니 그도 또한 어렵고, 남에게 몸을 허락하여 약속을 정한 뒤에 다시 약속을 어기면 못난 사람들 하는 짓이니, 그 말씀을 따르지 못하겠습니다. 하물며 값을 받고 몇 달이 지난 뒤에 차마 어찌 얼굴을 들어 무슨 말을 하겠습니까? 부인의 하늘 같은 은혜와 착하신 말씀은 저승으로 돌아가서 결초보은(結草報恩, 죽어 혼령이 되어서라도 은혜를 잊지 않고 갚는다는 뜻)하겠습니다."

승상 부인은 이 말을 듣고 애석한 마음에 차마 놓지 못하고 통곡한다.

"네가 잠깐 기다려 준다면 화공(畵工)을 불러들여 네 얼굴 네 태도를 그대로 그려 두고 내 생전에 두고두고 볼 것이니 잠시 머물러 있어라."

화공이 그림을 그리니 심청이 둘이었다. 심청이 울며 말하였다.

"정녕 부인께서는 전생에 내 부모였으니, 오늘 물러가면 언제 다시 모실 수 있으리까? 소녀 글 한 수 지어 내어 부인께 정을 표하오니 보시면 아실 것입니다."

부인이 반기어 종이와 붓을 내어 주니 붓을 들고 글을 쓸 때, 눈물이 비가 되어 점점이 떨어지니 송이송이 꽃이 되어 그림 족자였다. 안방에 걸고 보니 그 글은 이러하였다.

　　사람의 죽고 사는 게 한 토막 꿈이니

정에 끌려 어찌 굳이 눈물을 흘리랴마는
세간에 가장 애끓는 곳이 있으니
강남이 푸르러도 돌아오지 않음이리.

  부인이 글 짓는 것을 보고,
  "너는 과연 세상 사람 아니로다. 글은 진실로 선녀로다. 분명 인간의 인연이 다하여 상제께서 부르시니 네 어이 피할쏘냐. 나 또한 이 운에 맞추어 글을 지으리라."
하고 두루마리 한 축을 끌어내어 글 한 수를 단숨에 내리쓴다.

난데없는 비바람 어둔 밤에 불어오니
아름다운 꽃 날려서 뉘 집 문에 떨어지나.
인간의 귀양살이 하늘이 정하셔서
아비와 자식으로 하여금 정을 끊게 하는구나.

  심청이 그 글을 품에 품고 눈물로 이별하니, 무릉촌의 남녀노소 모두 통곡하였다. 심청이 승상 부인 댁에서 돌아와서 아버지께 작별 인사를 올리니, 심 봉사가 달려들어 딸아이의 목을 껴안고 뛰며 통곡하였다.
  "네가 날 죽이고 가지, 그냥은 못 가리라. 날 데리고 가거라. 너 혼자는 못 가리라."
  심청이 아버지를 위로하였다.
  "우리 부녀간 인연을 끊고 싶어 끊사오며 죽고 싶어 죽겠습니까? 액운이 막혀 있고 생사가 때가 있어 하느님이 하신 일이니 한탄한들 어찌

하겠어요? 인정으로 할 양이면 떠날 날이 없을 것입니다. 불효 여식 청이는 생각지 마시고 아버지 눈을 떠서 광명 천지 다시 보고 착한 사람 배필로 삼아 아들 낳고 대를 잇게 하소서."

심 봉사 펄쩍 뛰었다.

"애고 애고, 그 말 하지 마라. 처자 있을 팔자라면 이런 일을 당하겠느냐? 나 버리고는 못 간다."

심청이는 사람을 시켜 아버지를 붙들어 앉혀 놓고 울며 당부하였다.

"동네 어른님들, 혈혈단신 우리 아버지를 내맡기고 죽으러 가는 이 몸은 오직 동네 분들만 믿사오니 굽어 살피소서."

저의 아버지를 동네 사람에게 붙들게 하고 뱃사람들을 따라갈 때, 소리 내어 울며 치마끈 졸라매고 치마폭 거듬거듬(흩어져 있는 것들을 대강 자꾸 모으는 모양) 안고 흐트러진 머리털은 두 귀 밑에 늘어지고 비같이 흐르는 눈물 옷깃을 적셨다. 엎어지며 자빠지며 붙들어 나갈 때 건넛집 바라보며,

"아무개네 큰 아가야, 작은 아가야, 너와 나와 동갑으로 형제같이 정을 두어 백 년이 다 되도록 사는 재미 함께하자 하였더니, 나 이렇게 떠나가니 그도 또한 한이구나. 천명이 그뿐으로 나는 이미 죽거니와 의지 없는 우리 아버지 애통하여 상하실까. 나 죽은 후 네가 나를 생각하거든 내 아버지 극진히 대우해 다오. 너희와 나와 사귄 정 너희 부모가 내 부모요, 내 부모가 너희 부모라. 우리 살아 있을 때는 별로 문제 없었으나, 우리 아버지 백 세 후에 저승에 들어오셔서 부녀 상봉하는 날에 너희 정성 내 알겠다. 언제나 다시 보랴. 너희는 팔자 좋아 양친 모시고 잘

있거라."

동네 남녀노소 없이 눈이 붓도록 서로 붙들고 울다가 마을 어귀에서 서로 손을 놓고 헤어졌다. 그때 하느님이 아시던지 밝은 해는 어디 가고 어둠침침한 구름이 자욱하며 청산이 찡그리는 듯, 강물 소리 흐느끼고, 복사꽃은 다정하여 슬픈 듯이 피어 있다.

'묻노라, 저 꾀꼬리 뉘를 이별하였길래 벗을 불러 울어 대고, 뜻밖에 두견이는 피를 내어 우는구나. 달 밝은 너른 산을 어디 두고 애끓는 슬픈 소리 울어서 보내느냐. 네 아무리 가지 위에서 가지 말라 울건마는 값을 받고 팔린 몸이 다시 어찌 돌아올까.'

바람에 날린 꽃이 얼굴에 와 부딪치니 꽃을 들고 바라보며,

"앞산에 지는 꽃이 지고 싶어 지랴마는 마지못한 일이러니 누구를 탓하고 누구를 원망하리오."

한 걸음에 돌아보며 두 걸음에 눈물지으며 강머리에 다다르니, 뱃머리에 판자 깔고 심청이를 인도하여 뱃장(목선[木船]의 안쪽 바닥) 안에 실은 후에 닻을 감고 돛을 달아 여러 뱃사람들이 소리를 한다,

"어기야, 어기야, 어기야, 어기야."

소리를 하며 북을 둥둥 울리면서 노를 저어 물결에 배를 띄워 떠나갔다.

심청이 인당수에 이르러 물에 몸을 던지다

망망한 너른 바다에 거친 물결이 이니, 물 위의 갈매기는 갈대숲으로 날아들고 북쪽의 기러기 남으로 돌아온다. 출렁이는 물소리는 고깃배

소리가 분명하나, 굽이친 물줄기에 사람 자취 보이지 않고 산봉우리만 푸르렀다. 달은 지고 깊은 밤에 고소성(姑蘇城)에 배를 매니 한산사(寒山寺) 종소리 뱃전에 들려왔다(당나라 때 장계[張繼]의 시 「풍교야박[楓橋夜泊]에서 따온 표현. "고소성 밖 한산사, 깊은 밤 종소리 나그네 탄 배에 들려온다[姑蘇城外寒山寺 夜半鍾聲到客船]").

소상강(瀟湘江)에 들어가니 악양루(岳陽樓) 높은 누각 호수 위에 떠 있고, 동남으로 바라보니 산들은 겹겹이 쌓여 있고 강물은 넓고 넓다. 칠백 평 호수 맑은 물에 가을달이 돋아오니 하늘의 푸른 빛이 물 위에 어리었다. 어부는 잠을 자고 소쩍새만 날아드니 '동정호 가을 달(소상강의 여덟 가지 아름다운 풍경을 말하는 소상팔경[瀟湘八景] 중 여섯 번째, 동정추월[洞庭秋月]'이 이 아니며, 오나라 초나라 너른 물에 오고 가는 장삿배는 순풍에 돛을 달아 북을 둥둥 울리면서, 어기야, 어기야, 어야 하고 소리 하니, '먼 포구에 돌아오는 돛단배(소상팔경 중 네 번째 원포귀범[遠浦歸帆])'가 이 아니냐. 강 언덕 두서너 집에 밥 짓는 연기 나고, 강 건너 절벽 위에 저녁 노을 비쳐왔다. 하늘에 떠다니는 갖가지 구름들은 뭉게뭉게 일어나서 한 때로 둘렀고 푸른 물 하얀 모래 이끼 낀 양쪽 언덕에 시름을 못 이기어 날아오는 기러기는 갈대 하나 입에 물고 점점이 날아들며 '끼룩끼룩' 소리 하였다.

소상강 구경을 다 한 후에 배를 타고 떠나 한 곳에 다다라 돛을 지우고 닻 내리니 여기가 바로 인당수였다. 거센 바람 크게 일어 바다가 뒤흔들리며 너른 바다 한가운데 일천 석 실은 배, 노도 잃고 닻도 끊어지고 키도 빠지고, 바람 불고 물결쳐 안개 비 뒤섞어 잦아진데 갈 길은 천 리 만 리 남아 있고, 사방은 어둑하고 천지가 적막하여 간신히 떠 있었다.

뱃전은 탕탕, 돛대도 와지끈, 순식간에 위태하니, 도사공(都沙工, 뱃사공의 우두머리) 이하 모두들 겁을 내어 정신이 달아나고, 고사 제물 차릴 때 섬 쌀로 밥을 짓고 동이 술에 큰 소 잡아 온 소다리 소머리 사지 갈라 올려놓고, 큰 돼지 잡아 통째 삶아 큰 칼 꽂아 기는 듯이 받쳐 놓고, 삼색 실과(實果, 과일) 오색 당속(糖屬, 설탕에 졸여서 만든 음식), 갖은 고기, 식혜류와 온갖 과일 방위 차려 고여 놓고, 심청을 목욕시켜 흰 옷으로 갈아입혀 상머리에 앉힌 뒤에, 도사공이 앞에 나서 북을 둥둥 울리면서 고사를 지냈다.

"두리둥 두리둥, 우리 스물네 명이 장사를 직업 삼아 십여 세에 조수 타고 서호를 떠다니니, 인당수 용왕님은 사람 제물 받잡기로 유리국 도화동에 사는 십오 세 효녀 심청을 제물로 드리오니, 사해 용왕님은 고이고이 받으소서. 동해신이며, 남해신이며, 용왕님, 성황님네 다 굽어보옵소서. 물길 천 리 먼먼 길에 바람 구멍 열어 내고, 낮이면 골을 넘어 대야에 물 담은 듯이, 배도 무쇠가 되고 닻도 무쇠가 되고 용총마루(용총줄과 마룻줄. 둘 다 같은 말이며, 돛대에 매어 놓은 줄을 뜻함) 닻줄 모두 다 무쇠로 점지하시고, 빠질 근심 없삽고 재물 잃을 근심도 없애시어 억십만금 이문 남겨 대 끝에 봉기(鳳旗, 풍어와 풍년을 비는 제사를 지낼 때에 쓰는 기. 2~3미터 되는 대나무를 여러 갈래로 쪼개어 가지마다 조화를 매닮) 질러 웃음으로 즐기고 춤으로 기뻐하게 점지하여 주옵소서."

하며 북을 '두리둥 두리둥' 치면서,

"심청은 시각이 급하니 어서 바삐 물에 들어가라."

심청이 두 손을 합장하고 일어나서 하느님에게 빌었다.

"비나이다, 비나이다, 하느님께 비나이다. 심청이 죽는 일은 조금도 서럽지 아니하여도, 병든 아버지 깊은 한을 생전에 풀기 위해 이 죽음을 당하오니 황천은 감동시어 어두운 아비 눈을 밝게 띄워 주옵소서."

뒤로 펄쩍 주저앉아 도화동을 향하더니,

"아버지, 나 죽소. 어서 눈을 뜨옵소서."

손을 짚고 일어나서 눈물지으며 하는 말이,

"여러 선인님네 평안히 가옵시고 억십만금 이문 남겨 이 물가를 지나거든 나의 넋을 불러 내어 물밥이나 주시오."

이르고 빛나는 눈을 감고 치마폭을 뒤집어쓰고 이리저리 저리이리 뱃머리로 와락 나가 푸른 물에 풍덩 빠지니, 물은 인당수요, 사람은 심 봉사의 딸 심청이었다.

꽃 같은 몸이 풍랑에 휩쓸리고 밝은 달이 물속에 잠기어 너른 바다 속에 곡식 낱이 빠진 것 같았다. 새는 날 기운같이 물결은 잔잔하고 광풍은 삭아지며 안개 자욱하여 가는 구름 머물렀고, 맑은 하늘 푸른 안개 새는 날 동방처럼 날씨가 명랑하였다. 인당수 깊은 물에 힘없이 떨어진 꽃 헛되이 고기 뱃속에 장사지냈단 말인가? 그 배의 우두머리가 한숨지으며 통곡하고 삿대잡이는 엎드려 울었다.

"하늘이 낸 큰 효(孝) 심 소저는 아깝고 불쌍하다. 부모 형제가 죽었다 한들 이에서 더할쏘냐?"

도사공 하는 말이,

"고사를 지낸 후에 날씨가 순조로우니 심 낭자 덕 아니신가?"

모두가 같은 생각이라 고사를 마치고,

"술 한 잔씩 먹고 담배 한 대씩 먹고 행선(行船, 배가 감)하세."

"어, 그리 하세."

'어기야 어기야' 뱃노래 한 곡조에 삼승(三升, 성글고 굵은 베) 돛을 채어 양쪽에 갈라 달고 순식간에 남경으로 다다랐다.

모든 사람들이 심청의 죽음을 슬퍼하다

이 무렵 무릉촌 장 승상 부인이 심청의 글을 벽에다 걸어 두고 날마다 살펴보아도 빛이 변치 아니하더니, 하루는 글 족자에 물이 흐르고 빛이 변하여 검어지니,

'심 소저가 이제 물에 빠져 죽었는가?'

하여 한없이 슬피 탄식하고 있는데, 이윽고 물이 걷히고 빛이 도로 황홀해지니 부인이 이상히 여겨,

'누가 구하여 살았는가?'

하며 매우 의아하게 생각하면서도,

'어찌 그러하기 쉬우리오.'

그날 밤 자정에 장 승상 부인이 제물을 갖추어 강가에 나아가, 심청을 위하여 혼을 불러 위로하는 제사를 바치려고 하녀를 데리고 강가에 다다르니, 밤은 깊어 자정인데 첩첩이 쌓인 안개 산골짝에 잠겨 있고 첩첩이 이는 안개 강물에 어리었다. 조각배 홀로 저어 중류에 띄워 놓고 배 안에 제사상을 차린 다음, 부인이 손수 잔을 부어 흐느끼며 소저를 불러

위로하였다.

"심 소저야, 심 소저야! 아깝도다, 심 소저야. 앞 못 보는 아버지 눈을 뜨게 하려 평생 한이 되는지라. 네 효성이 죽기로써 갚으려고 실낱같은 목숨을 스스로 내던져 고기 뱃속 넋이 되니 가련하고 불쌍하구나! 하느님이 어찌하여 너를 내고 죽게 하며, 귀신은 어찌하여 죽는 너를 못 살리나? 네가 나지 말았거나 내가 너를 몰랐거나 할 것이지 살아서 이렇게 헤어져 죽는다니 웬 말인고? 두 귀 밑의 머리털은 이로 하여 희어지고 인간계에 남은 세월 너로 인해 재촉되니 무궁한 나의 수심을 너는 죽어 모르거니와 나는 살아 고생이렷다. 한잔 술로 위로하니 꽃다운 넋이여, 오호라 슬프고나! 상향(尚饗, '신명께서 제물을 받으소서'라는 뜻으로 제례 축문의 끝에 쓰는 말)."

눈물 뿌려 통곡하니 천지 미물인들 어찌 감동하지 않을까. 뜻밖에 강 가운데서 한 줄기 맑은 기운이 뱃머리에 어렸다가 잠시 뒤에 사라지며 날씨가 화창하니, 부인이 반겨하며 일어서서 바라보니 가득 부었던 잔이 반이나 줄어들었기로 심청의 영혼을 못내 슬퍼하였다.

이럴 즈음 심 봉사는 딸을 잃고 모진 목숨 죽지 못하여 근근히 살아갈 때, 도화동 사람들이 심청이가 지극한 효성으로 물에 빠져 죽은 일을 불쌍히 여겨 타루비(墮淚碑, 눈물 흘리는 비석. 중국 진나라 때 사람인 양우[羊祐]의 덕을 기리기 위해 세운 비석을 백성들이 볼 때마다 눈물을 흘렸다는 이야기에서 비롯됨)를 세우고 글을 지었다.

앞 못 보는 아버지 위해

제 몸 바쳐 효도하러 용궁에 갔네.
안개 어린 바다에 마음만 떠 있으니
봄 풀에 해마다 한이 서린다.

강가를 오가는 행인이 비문을 보고 아니 우는 이 없고, 심 봉사는 딸이 생각나면 그 비를 안고 울었다.

이 세상같이 억울하고 고르지 못한 것은 없을 것이다. 가난하고 약한 사람은 그 부모가 낳은 몸과 하늘이 주신 귀중한 목숨도 보전치 못하고 심청이 같은 하늘이 낸 큰 효녀가 결국 인당수 물에 가련한 몸이 잠기게 되었다. 그러나 그가 잠긴 곳은 물속이 아니라 이 인간계를 영 이별하고 간 하늘의 천상계이니, 하느님의 능력이 한없이 큰 세상이었다. 이익에 눈이 어두운 인간계의 사람들과 말 못 하는 부처는 심청이를 돕지 못하였으나 인당수의 물귀신이야 심청이를 알아보지 못하겠는가?

용궁에 간 심청이 어머니를 만나다

이때 심청은 너른 바다에 몸이 들어 죽은 줄로 알았는데, 무지개 영롱하고 향내가 코를 찌르더니, 맑은 피리 소리 은근히 들리기에 몸을 머물러 주저할 때, 옥황상제가 인당수 용왕과 사해용왕, 지부(地府, 저승) 왕에게 일일이 명을 내렸다.

"내일 하늘이 낸 효녀 심청이가 그곳에 갈 것이니 몸에 물 한 점 묻지 않게 할 것이며, 만일 모시기를 실수하면 사해용왕은 천벌을 주고 지부

왕은 파문을 내릴 것이니, 수정궁으로 모셔 들여 삼 년 받들고 단장하여 세상으로 돌려보내라."

명이 내리자 사해용왕과 지부 왕이 모두 다 놀라 두려워하며, 무수한 바다의 장군과 군사들이 모여들 제, 원참군 별주부, 승지 도미, 빈랑 낙지, 감찰왕 잉어며, 수찬 송어와 한림 붕어, 수문장 메기, 청령사령 자가사리, 승지 북어, 삼치 갈치 앙금 방게 수군 백관과 백만 물고기 병사며, 무수한 선녀들은 백옥 가마를 마련하여 그때를 기다리니, 과연 옥 같은 심청이 물로 뛰어들기에 선녀들이 받들어 가마에 올렸다. 심청이 정신을 차려 하는 말이,

"속세의 비천한 인간으로 어찌 용궁의 가마를 타오리까?"
하니 여러 선녀들이 말하였다.

"옥황상제의 분부가 지엄하시어 만일 타시지 아니하시면 우리 용왕이 죄를 면치 못하실 것이니 사양치 마시고 타옵소서."

심청이 그제야 마지못하여 가마 위에 높이 앉으니 팔선녀가 가마를 메고 여섯 용은 곁에서 모시고, 바다의 장군과 군사들이 좌우로 호위하며 청학 탄 두 동자는 앞길을 인도하여 바닷물에 길 만들고 풍악으로 들어갔다. 이때 천상 신선과 선녀들이 심청이를 보려고 늘어섰다.

수정궁으로 들어가니 인간 세계와는 다른 별천지였다. 남해 광리왕(廣利王)이 통천관(通天冠, 황제가 정무를 보거나 조칙을 내릴 때 쓰던 관)을 쓰고 백옥홀을 손에 들고 호기 찬란하게 들어가니, 삼천팔백 수궁부 내외의 대신들은 왕을 위하여 영덕전 큰 문 밖에 차례로 늘어서서 환호성을 올렸다. 값진 보물로 치장한 궁궐은 하늘의 빛과 어울리고, 입고 있는 의복

은 인간의 온갖 복과도 비길 수 없었다.

수궁에 머물 때에 옥황상제의 명이니 거행이 오죽할까. 사해용왕이 시녀를 보내어 아침저녁으로 문안하고, 번갈아 당번을 서서 문안하고 호위하며, 금수능라 비단옷에 고운 얼굴 다 각기 잘 보이려고, 예쁜 모습 웃는 시녀, 얌전하게 차린 시녀, 천성으로 고운 시녀, 수려한 시녀들이 밤낮으로 시중들 때 사흘마다 작은 잔치, 닷새마다 큰 잔치를 베풀면서, 상당에서 비단 백 필, 하당에서 진주 서 되를 바쳤다. 이처럼 받들면서도 오히려 잘못하지나 않을까 각별히 조심하였다.

하루는 광한전(廣寒殿, 달 속에 있다는, 항아가 사는 가상의 궁전) 옥진부인(玉眞夫人)이 온다 하니 수궁이 뒤눕는 듯, 용왕이 겁을 내어 사방이 분주하였다. 원래 이 부인은 심 봉사의 처 곽씨 부인이 죽어 광한전 옥진부인이 되어 있었는데, 그 딸 심청이 수중에 왔단 말을 듣고 상제에게 말미를 얻어 모녀 상면하려 하고 오는 길이었다. 심청이 누구인 줄을 모르고 멀리 서서 바라볼 따름인데, 무지개 어린 오색 가마를 옥기린에 높이 싣고, 벽도화(碧桃花, 벽도나무의 꽃. 빛깔이 희고 꽃잎이 여러 겹으로 되어 있음) 단계화(丹桂花, 붉은 계수나무꽃)를 좌우에 벌여 꽂고, 각 궁 시녀들은 곁에서 모시고 청학 백학들은 앞길을 인도하고 봉황은 춤을 추고 앵무는 벌여 섰는데, 처음 보는 광경이었다. 이윽고 가마에 내려 섬돌에 올라서며,

"내 딸 심청아! 너의 어미 내가 왔다."

부르는 소리에 어머니인 줄 알고 왈칵 뛰어와,

"어머니 어머니, 나를 낳고 초칠일 안에 죽었으니 지금까지 십오 년을 얼굴도 모르오니 천지간 한없이 깊은 한이 갤 날이 없었습니다. 오늘날

이곳에 와서 어머니와 다시 만날 줄을 알아서 오는 날 아버지 앞에서 이 말씀을 여쭈었더라면, 날 보내고 서러운 마음 적이 위로했을 것을……. 우리 모녀는 서로 만나보니 좋지마는 외로우신 아버님은 누구를 보고 반기시겠습니까? 아버지 생각이 새롭습니다."

새롭게 반가운 정과 감격하고 급급한 마음 어찌할 줄 모르다가, 함께 누각에 올라가 어미 품에 싸여 앉아 얼굴도 대어 보고 수족도 만지면서 젖도 인제 먹어 보자, 반갑고도 즐거워라, 이같이 즐거하며 울음 우니, 부인도 슬퍼하고 등을 토닥토닥 두드리며,

"울지 마라, 내 딸. 내가 너를 낳은 후에 죽어 귀하게 되니 오히려 인간 생각이 아득하였다. 너의 아버지는 너를 키우며 의지하다가 너와도 이별하였으니 네가 오던 날 그 모습이 오죽할까? 내가 너를 보고 반가워하는 마음이야 네 아버지가 너를 잃은 설움에다 비기겠는가? 너의 아버지 가난에 절어 그 모습이 어떠하며 아마도 많이 늙었겠구나. 그간 수십 년에 재혼이나 하였으며, 뒷마을 귀덕 어미 네게 극진하지 않더냐."

심청이 여쭈었다.

"아버지에게 듣기로는 고생하고 지낸 일을 어찌 감히 잊으리까."

아비 고생하던 얘기와 일곱 살에 제가 나서서 밥 빌어 먹던 일, 바느질로 살던 말과 승상 부인이 저를 불러 모녀의(母女義)로 맺은 후에 은혜 태산 같은 일과, 선인 따라 오려 할 때 화상 족자 하던 말과 귀덕 어미 은혜 말을 낱낱이 하고 나니, 그 말 듣고 승상 부인 치하하며 그렁저렁 여러 날을 수정궁에 머물 때, 옥진부인이 심청의 얼굴도 대어 보고 손발도 만져 보며,

"귀와 목이 희니 너의 아버지 같기도 하다. 손과 발이 고운 것은 어찌 아니 내 딸이랴. 내 끼던 옥지환도 네가 지금 가졌으며, 수복강녕 태평 안락 양편에 새긴 돈 붉은 주머니 청홍 당사 벌 매듭도, 애고, 네가 찼구나. 아버지 이별하고 어미를 다시 보니 두 가지 다 온전하기 어려운 건 인간의 일이라. 그러나 오늘 나를 다시 이별하고 너의 아버지를 다시 만날 줄을 네가 어찌 알겠느냐? 광한전 맡은 일이 너무도 분주해서 오래 비워 두기 어렵기로 다시금 이별하니 애통하고 딱하다만, 내 맘대로 못 하니 한탄한들 어이하겠느냐? 후에라도 다시 만나 즐길 날이 있으리라."

하고 떨치고 일어서니 심청이 기가 막혀,

"아이고, 어머니. 소녀는 어머니를 오래 뫼실 줄로만 알고 있었는데, 이별 말이 웬일이오?"

하고 아무리 애걸해도 말릴 방법이 없었다. 옥진부인이 일어서서 심청의 손을 잡으며 작별 인사하고, 공중으로 향하더니 금방 사라져 버렸다. 심청이 어쩔 수 없이 눈물로 이별하고 수정궁에 머물렀다.

심청이 연꽃을 타고 세상으로 나오다

이럴 즈음 옥황상제께서는 심청의 효심을 어여삐 여겼으므로, 수정궁에 오래 둘 수 없었다. 그래서 하루는 옥황상제께서 사해용왕에게 말을 전하였다.

"심 소저 혼약할 기한이 가까우니, 효녀 심 낭자를 연꽃 봉오리 속에 아무쪼록 고이 모셔 오던 길인 인당수로 돌려보내어 좋은 때를 잃지 말게 하라."

분부가 매우 엄하니 사해용왕이 명을 듣고 심청이를 보낼 때, 큰 꽃송이에 넣고 두 시녀를 곁에서 모시게 하여 아침저녁 먹을 것과 비단, 보배를 많이 넣고 옥 화분에 고이 담아 인당수로 보내었다. 이때 사해용왕이 친히 나와 배웅하고 각 궁 시녀와 여덟 선녀가 말하였다.

"소저는 인간 세상에 나아가서 부귀와 영광으로 만만세를 즐기소서."

심청이 대답하였다.

"여러 왕의 덕을 입어 죽을 몸이 다시 살아 세상에 나가게 되었습니다. 이 은혜는 결코 잊을 수 없을 것입니다. 모든 시녀들과도 정이 깊어 떠나기 섭섭하오나 이승과 저승의 길이 다르기에 이별하고 가기는 하지마는 수궁의 귀하신 몸 내내 평안하옵소서."

꽃봉오리 속의 심청이는 어디로 가는지 모른 채 수정문 밖을 떠날 때 하늘에는 사나운 비바람이 없이 맑게 개었으며 바다 또한 잔잔하여 파도가 일지 않았다. 때는 봄이라 해당화는 바닷물에 피어 있고, 동풍에 푸른 버들은 바닷가에 가지를 드리웠는데 고기 낚는 저 어부는 시름없이 앉았구나. 한 곳에 다다르니 날씨가 명랑하고 사면이 광활하다. 심청이가 정신을 가다듬고 둘러보니 용궁 가던 인당수라. 슬프다, 이 역시 꿈이 아닐까?

바로 그 무렵에, 남경으로 장사하러 갔던 선인들이 심청이를 제물로 바친 덕에 그 행보에 이익을 남겨 돛대 끝에 큰 기 꽂고 웃음으로 지껄이며 춤추고 돌아오다 인당수에 이르러, 큰 소 잡고 동이 술에 각종 과실 차려 놓고 북을 치며 제를 지내던 참이었다. 남경 갔던 뱃사람들이 억십만금 이문을 내어 고국으로 돌아오다가 인당수에 다다라 배를 매고 제물을 깨끗이 차려 용왕에게 제를 지내면서 비는 말이,

"우리 일행 수십 명 몸에 재액을 막아 주시고 소망을 뜻한 대로 이루어 주셔서 용왕님의 넓으신 덕택을 한잔 술로 정성을 드리오니, 어여삐 보셔서 이 제물을 받아 주시옵소서."

하고 제를 올린 뒤에 제물을 다시 차려 심청의 혼을 불러 슬픈 말로 위로하였다.

"하늘이 낸 효녀 심 소저는 늙으신 아버지 눈 뜨기를 위하여 젊은 나이에 죽기를 마다 않고 바닷속 외로운 혼이 되었으니 어찌 아니 가련하고 불쌍하리오. 우리 뱃사람들은 소저로 말미암아 장사에 이문을 내어 고국으로 돌아가지마는 소저의 영혼이야 어느 날에 다시 돌아올까? 가다가 도화동에 들어가서 소저의 아버지가 살았는가 여부를 알아보고 가오리다. 한잔 술로 위로하니 만일 알으심이 있거든 영혼은 이를 받으소서."

제물을 풀고 눈물을 쏟고 나서, 바다 위를 바라보니 난데없는 꽃 한 송이 물 위로 덩실덩실 떠 있으니 뱃사람들이 이상히 여겨 하는 말이,

"이 애야, 저 꽃이 웬 꽃이냐? 천상의 꽃도 아니요, 세상 꽃도 아닌데 바다 위에 홀로 있으니 아마도 심 소저의 영혼이 꽃이 되어 떴나 보다."

가까이 가서 보니 과연 심청이가 빠졌던 곳이어서 마음이 감동하여 꽃을 건져 내어 놓고 보니, 크기가 수레바퀴처럼 생겼고 두세 사람이 넉넉히 앉을 만하였다.

"이 꽃은 세상에 없는 꽃이니 이상하다."

이같이 공론이 분분할 때 흰구름이 자욱한 가운데 산뜻하게 푸른 옷을 떨쳐 입은 선관(仙官) 하나가 공중에 학을 타고 외치며 말하였다.

"해상에 떠 있는 선인들아, 꽃 보고 떠들지 마라. 그 꽃은 천상의 귀한 꽃이니 타인은 일체 접근치 말 것이며 각별 조심하여 고이 모셔다가 천자께 진상토록 하라. 만일 그리 아니하면 생벼락을 내리도록 하련다."

뱃사람들 그 말 듣고 겁을 먹고 벌벌 떨면서 그 꽃을 고이 모셔 빈 곳에 놓은 후에 청포장(靑布帳)을 둘러치니 내외 제례가 분명하였다. 닻을 감고 돛을 다니 순풍이 절로 일며, 서울 남경까지 네다섯 달이나 걸리던 길을 며칠 만에 다다르니, 이도 또한 이상하다 할 것이었다. 돌아와서 억십만금이 넘는 재물을 다 각기 나누어 가질 때, 도선주는 무슨 마음에서인지 재물은 마다하고 꽃봉오리만 차지하여 자기 집 깨끗한 곳에 단을 쌓고 두었더니 향취가 온 집 안에 가득하고 주위에 무지개가 둘러 있었다.

심청이 천자의 왕비가 되다

때는 바로 경진년 삼월이었다. 이 무렵 송나라 천자가 황후를 잃었으니, 백성들은 물론 조공(朝貢, 한 나라가 다른 나라의 지배를 받으면서 그 나라에 때맞추어 예물로 물건을 바치던 일)하는 열두 나라 사신들은 분주한데, 천자의 마음이 어지러워 슬픔을 가라앉히려고 온갖 화초를 고루고루 구하여서 상림원(上林苑, 중국 진나라 · 한나라 때 천자의 동산)에 채우고 황극전(皇極

殿, 중국 자금성의 전각 이름) 앞뜰에 골고루 심어 놓았다.

　이때 도선주가 대궐 안 소식을 듣고 문득 생각하기를,

　'옛사람이 벼슬을 등에 지고 천자를 생각하니, 나도 이 꽃을 가져다가 천자께 드린 후에 정성을 논하리라.'

하고 인당수에서 얻은 꽃을 옥분에 옮겨 심어 대궐 문밖에 이르러 이 뜻을 전했다. 천자가 반갑게 그 꽃을 들여다가 황극전에 놓고 보니 빛이 찬란하여 해와 달이 빛을 내는 것 같고, 매우 크며 향기가 특별하니 세상 꽃이 아니었다.

　"달빛에 그림자가 분명하니 계수나무 꽃도 아니요, 요지연의 흰 복숭아 동방삭이 따온 후에 삼천 년이 못 되니 벽도화도 아니요, 서역국에 연화 씨가 떨어져 그것이 꽃 되어 바다에 떠 왔는가?"

하시며 그 꽃 이름을 '강선화(降仙花)'라 하고, 자세히 살펴보니 붉은 안개 둘러 있고 상서로운 기운이 어리었다. 황제가 크게 기뻐하여 화단에 옮겨 놓으니 모란화 · 부용화가 다 아래 자리로 돌아가고, 매화 · 국화 · 선화는 모두 다 신하라 이를 지경이었다. 천자가 알던 다른 꽃은 다 버리고 이 꽃뿐이었다.

　천자가 잠자리에 들어 비몽사몽간에 봉래산 선관이 학을 타고 분명히 내려와서 천자 앞에 돌연히 다가왔다.

　"황후가 돌아가셨음을 상제께서 아시고 인연을 보내셨으니 폐하께서는 어서 바삐 살피소서."

　천자가 잠을 깨고 자리에서 일어나 당나라의 옛일을 본받아 궁녀에게 명하여 화청지(華淸池, 중국 당나라 때 현종과 양귀비가 노닐었다는 온천)에서 목욕하고 친히 달을 따라 화단을 거니는데, 밝은 달은 뜰에 가득하고 산들바람 부는 중에 문득 강선화 봉오리가 흔들리며 가만히 벌어지고 무슨 소리 나는 듯하였다. 천자가 몸을 숨겨 가만히 살펴보니 예쁜 용녀가 얼굴을 반만 들어 꽃봉오리 밖으로 반만 내다보더니, 사람 자취 있음을 보고 도로 헤치고 들어갔다. 천자가 보고 홀연 몸과 마음이 황홀하였다. 의아한 생각이 들어 아무리 서 있어도 다시는 기척이 없었다. 가까이 가서 꽃봉이를 가만히 벌리고 보니 한 처녀와 두 미인이 있기에 천자가 반기며 물었다.

"너희가 귀신이냐 사람이냐?"

미인이 즉시 내려와 땅에 엎드려 말하였다.

"소녀는 남해 용궁 시녀이온데 소저를 모시고 세상으로 나왔다가 황제의 모습을 뵈오니 극히 황공하옵니다."

하니 천자가 마음속으로,

'상제께옵서 좋은 인연을 보내신 것이로구나. 하늘이 내리신 바를 받아들이지 않으면 이런 좋은 기회가 다시는 오지 않으리라.'

생각하고,

'배필을 정하리라.'

결심하여 혼인을 하기로 작정하고 이튿날 아침에 삼정승과 육판서를 비롯하여 만조 백관 문무 제신을 불러 놓고 천자가 말하였다.

"짐이 간밤에 꿈을 꾼 후 기이하기로, 어제 뱃사람들이 바친 꽃을 보니 그 꽃은 간 곳이 없고 다만 한 낭자가 앉았는데 황후의 기상인지라, 짐이 이를 하늘이 정한 연분으로 여기거니와 경들의 뜻은 어떠한가?"

문무 제신이 일제히 아뢴다.

"황후께서 승하하셨음을 하늘이 아시고 인연을 보내셨으니 국운이 무궁하여 하늘이 보호하심입니다. 국가의 경사 이에 더함이 없는 줄 아뢰오."

천자가 태사관(太史官, 천문, 점술 등을 관할하던 관리)으로 하여금 날을 잡으라 하니 오월 오일 갑자일이었다. 심청이를 황후로 봉하여 승상의 집으로 모신 뒤에 혼인날이 되어 명하기를,

"이러한 일은 천만고에 없는 일이니 예의범절을 특별히 마련하도록 하라."

하니 위엄이 이 세상에서 처음이요 옛날에도 없는 일이었다. 황제께서 잔치 자리에 나와 서니 꽃봉오리 속에서 두 시녀가 심청이를 부축하여 나오니 북두칠성에 좌우 보필이 갈라서 있는 듯, 궁중이 휘황하여 바로 보기 어려웠다. 나라의 경사라, 온 나라에 사면령을 내리고, 남경 갔던 도선주를 특별히 무장 태수로 임명하고, 온 조정 여러 신하들은 축하를 보내고 온 백성들은 기뻐 환호하였다. 이리하여 혼례를 마친 다음 심청이를 가마에 고이 태워 황후전에 들게 하니 위의와 예절이 거룩하고 화사하였다.

이로부터 심 황후의 어진 덕이 천하에 고루 퍼지니, 조정의 문무 백관과 각 고을 태수와 만백성이 엎드려 축원하였다.

"우리 황후 어진 성덕 만수 무강하소서."

이즈음 심 봉사는 딸을 잃고 실성하여 날마다 탄식할 때 봄이 가고 여름 되니 녹음방초(綠陰芳草, 푸르게 우거진 나무와 향기로운 풀이라는 뜻으로, 여름

철의 자연경관을 이르는 말)도 원망스럽고 자연을 노래하는 새도 심 봉사를 비웃는 듯하여 눈물지으며 허송세월(虛送歲月, 하는 일 없이 세월만 헛되이 보냄)하였다.

심청이 심 봉사를 찾기 위해 잔치를 벌이다

심 황후의 덕과 은혜가 지중하여 해마다 풍년이 들어 태평세월을 다시 보니 태평성대가 되었다. 사람에게 있어 가장 절실한 정은 천륜(天倫, 부모와 자식·형제 사이에 마땅히 지켜야 할 도리)이라, 심 황후는 부귀 극진하나 앞 못 보는 아버지 생각이 무시로 솟아올라 홀로 앉아 근심과 탄식하는 날이 많았다.

하루는 근심을 이기지 못하여 시종을 데리고 옥난간에 기대 서 있었더니, 가을 달은 밝아 산호 발에 비쳐 들고 귀뚜라미 슬피 울어 방 안에 흘러들어 무한한 심사를 점점이 불러 낼 때, 높은 하늘 외로운 기러기 울면서 내려오니 심 황후가 반가운 마음에 바라보며,

"오느냐, 너 기러기. 거기 잠깐 머물러서 나의 말 들어 봐라. 도화동에 우리 아버지 편지를 매고 네 오느냐, 이별 삼 년에 소식을 못 들으니 내가 이제 편지를 써서 네게 전할 테니 부디부디 잘 전하여라."

하고 방 안에 들어가 상자를 얼른 열고 두루마리 종이 끌러 내어 놓고 붓을 들고 편지를 쓰려 할 때, 눈물이 먼저 떨어지니 글자는 먹칠이 되고 말마디는 뒤바뀌었다.

슬하를 떠나온 지 해가 세 번 바뀌오니 아버님 그리워 쌓인 한이 바다같이 깊습니다. 엎드려 생각컨대 그간에 아버지 몸 편히 지내시온지, 그리는 마음 이루 다 말씀드릴 길이 없습니다. 불효녀 심청은 뱃사람을 따라갈 때, 하루 열두 시에 열두 번씩이나 죽고 싶었으나 틈을 얻지 못하여 대여섯 달을 물 위에서 자고, 마지막에는 인당수에 가서 제물로 빠졌습니다. 그런데 하느님이 도우시고 용왕이 구하셔서 세상에 다시 나와 이 나라 천자의 황후가 되었습니다.

부귀영화는 다함이 없사오나, 간장에 맺힌 한 때문에 부귀에도 뜻이 없고 살기도 바라지 아니하고, 다만 바라기는 아버님 슬하에 다시 뵈온 후에 그날 죽사와도 한이 없겠습니다. 삼 년 동안에 눈을 떴사오며 마을에 맡긴 돈과 곡식은 그저 있어 목숨을 보존하시온지요. 아버님 귀하신 몸 잘 보존하셨다가 쉬이 만나 뵈옵기를 천만 바라고 천만 바라옵니다.

날짜를 얼른 써서 가지고 나와 보니 기러기는 간데없고 아득한 구름 밖에 은하수만 기울어졌다. 별과 달만 밝아 있고 가을바람이 쓸쓸하였다. 편지를 집어 상자에 넣고 소리 없이 울고 있는데, 이때 황제가 내전에 들어와 심 황후를 바라보니, 두 눈 사이에 근심스러운 빛을 띠었고 얼굴에 눈물 자국이 있으니 국화가 햇빛 아래 시드는 듯하여 황제가 물었다.

"무슨 근심이 계시길래 눈물 흔적이 있는지요? 귀하기는 황후가 되어 있으니 천하에 제일 귀하고, 부하기는 사해를 차지하였으니 인간에 제일 부자인데 무슨 일이 있어 저렇게 슬퍼하시는가요?"

심 황후가 대답하였다.

"제가 과연 바라는 바가 있사오나 감히 여쭙지 못하였습니다."

이에 황제가 말하기를,

"바라는 바가 무슨 일인지 자세히 말씀해 보시구려."

하니, 심 황후가 다시금 꿇어앉아 나지막히 말하였다.

"신첩은 본래 용궁 사람이 아니라 황주 도화동에 사는 심학규의 딸인데, 첩의 아버지가 앞을 보지 못하는지라 철천지한(徹天之恨, 하늘에 사무치는 원한)이더니, 부처님께 공양미 삼백 석을 시주하면 감은 눈을 뜬다 하기로 남경 장사 선인들에게 이 몸을 팔아 인당수에 빠졌습니다. 하늘이 굽어살피시어 몸은 귀하게 되었으나 천지 인간 병신 중에서 소경이 제일 불쌍하니 맹인 불러 음식을 내려주시면 첩의 천륜을 찾을까 합니다."

하고 그동안 있었던 일을 자세히 여쭈니 황제께서 들으시고,

"그러하시면 어찌 진작에 말씀을 못 하시었소? 어렵지 않은 일이니 너무 근심치 마시오."

하고 그 다음 날 조회를 마친 뒤에 온 조정 신하들과 의논하고,

"황주로 관리를 보내어 심학규를 부원군으로 대우하여 모셔 오라."

하였더니, 황주 자사가 장계를 올렸는데 떼어 보니,

"분명히 본주의 도화동에 맹인 심학규가 있었으나 일 년 전에 떠난 뒤로 사는 곳을 알 수 없습니다."

라고 되어 있었다. 심 황후가 듣고 망극한 마음을 이기지 못하여 눈물을 흘리며 길이 탄식하니 천자가 간곡히 위로하였다.

"죽었으면 할 수 없겠지만 살아 있으면 만날 날이 있지, 설마 찾지 못하겠소?"

심 황후가 잠시 생각하고 황제에게 말하였다.

"저에게 한 계책이 있으니 그대로 하옵소서, 이 땅의 모든 백성이 다 임금의 신하이온데 백성 중에 불쌍한 사람은 홀아비, 과부, 고아, 자식 없는 늙은이 네 부류의 사람일 것입니다. 그 가운데 가장 불쌍한 사람이 병든 사람이며, 병신 중에도 특히 맹인이오니 천하 맹인을 모두 모아 잔치를 하옵소서. 그들이 하늘과 땅과 해와 달과 별이며, 희고 검고 길고 짧은 것과, 부모 처자를 보아도 보지 못하여 품은 한을 풀어 주옵소서. 그러하면 그 가운데 혹시 저의 아버님을 만날 수도 있을 것이니, 이는 저의 소원일 뿐 아니라 또한 나라에 화평한 일도 될 듯하오니 이 일이 어떠하온지요?"

천자가 이 말을 듣고 크게 칭찬하기를,

"과연 여자 중의 요순이로소이다. 그렇게 하십시다."

하고 세상에 알렸다.

"높은 관리에서 서민에 이르기까지 맹인이면 성명과 거주지를 기록하여 각 읍으로부터 기록해 올리도록 하라. 그들을 잔치에 참례하게 하되, 만일 맹인 하나라도 명을 몰라 참례치 못한 자가 있으면 해당 도의 감사와 수령은 마땅히 중한 벌을 받을 것이다."

명령을 내리니 나라의 각 도와 각 읍이 놀라고 두려워 서둘러서 시행하였다.

심 봉사는 뺑덕 어미와 살다가 버림받다

이때 심학규는 몽운사 부처가 영험이 없었는지 딸 잃고, 쌀 잃고, 눈도 뜨지 못해 지금껏 심 봉사는 봉사 그대로 있었다. 그중에 눈만 못 떴을 뿐 아니라 생애의 고생이 세월을 따라 더욱 깊어 갔다. 도화동 사람들은 당초의 남경 장사 부탁도 있고 곽씨 부인을 생각하든지 심청의 정곡(情曲, 간곡한 정)을 생각하여도 심 봉사를 위하여 마음 극진히 써서 도왔다. 그때 뱃사람이 맡긴 돈과 곡식은 착실히 늘어나 심 봉사의 의식도 넉넉해지고 행세도 차차 좋아졌다.

이때 마침 그 마을에 서방질 일쑤 잘하여 밤낮없이 놀아나는 개같이 눈이 벌개서 다니는 뺑덕 어미가 심 봉사의 재산이 많은 줄 알고 자원하여 첩이 되어 살았는데, 이 계집의 버릇은 아주 인중지말(人中之末, 사람 가운데 가장 못난 사람)이었다. 그렇듯 어두운 중에도 심 봉사를 더욱 고생되게 가세를 결딴내는데, 쌀을 주고 엿 사 먹기, 벼를 주고 고기 사기, 잡곡으로 돈을 사서 술집에서 술 먹기와 이웃집에서 밥 사 먹기, 빈 담뱃대 손에 들고 보는 대로 담배 청하기, 이웃집에 욕 잘하고 동무들과 싸움 잘하고 정자 밑에 낮잠 자기, 술 취하면 한밤중 길게 목놓고 울고, 동리 남자 유인하기, 일 년 삼백육십 일을 입 잠시 안 놀리고는 못 견디어 집 안의 살림살이는 홍시감 빨듯 홀짝 없이하되, 심 봉사는 다년간 공방으로 지내던 터라 그중에 실가지락(室家之樂, 부부 사이의 화목한 즐거움)이 있어 삯 받고 관가 일을 하듯 하되, 뺑덕 어미는 행세를 털어먹다 이삼 일 양식할 만큼 남겨 놓고 도망할 작정으로, 유월 까마귀가 곧 수박 파

먹듯 불쌍한 심 봉사의 재물을 밤낮으로 퍽퍽 파던 터였다.

하루는 심 봉사가 생각다 못해서 물었다.

"여보소, 뺑덕이네. 우리 형편 착실하다고 남이 다 수군수군했는데, 근래에 어찌해서 형편이 못 되어 다시금 빌어 먹게 되었으니, 이 늙은 것이 다시 빌어 먹자 한들 동네 사람도 부끄럽고 내 신세도 말이 아니니, 어디 얼굴 들고 다니겠는가?"

뺑덕 어미가 대답한다.

"봉사님, 여태 잡수신 게 무엇이오? 식전마다 해장하신다고 죽 값이 여든두 냥이요. 저렇게 갑갑하다니까, 낳아서 키우지도 못할 것 밴다고 살구는 어찌 그리 먹고 싶던지, 살구 값이 일흔석 냥이요. 저렇게 갑갑하다니까."

심 봉사가 속은 타지만 헛웃음 웃으며,

"야, 살구는 너무 많이 먹었다. 그렇지마는 '계집 먹은 것은 쥐 먹은 것'이라 하니 따져 봐야 쓸데없다. 우리 세간 물건을 다 팔아 가지고 타향으로 가세."

"그러고 싶으면 그리 합시다. 모든 일을 가장 하라는 대로 하지요."

"당연한 말이로세. 동리 사람에게 빚이나 없나?"

"내가 줄 것 조금 있소."

"얼마나 되나?"

"뒷동네 높은 주막에 가 해정주(解酲酒, '해장주'의 원말) 한 값 마흔 냥."

심 봉사가 어이없어,

"잘 먹었다. 또 어데?"

"저 건너 불통이 함씨에게 엿 값이 서른 냥."

"잘 먹었다. 또."

"안촌 가서 담뱃값이 쉰 냥."

"이것 참 잘 먹었네."

"기름 장사한테 스무 냥."

"기름은 무엇 했나?"

"머릿기름 했지."

심 봉사는 기가 막히고 하도 어이가 없어,

"실상 얼만큼 안 되네."

"고까짓 것 무엇이 많소?"

한참 이렇듯 문답하더니 그 재물을 생각할 때면 그 딸의 생각이 더욱 뼈가 울리며 간절하였다. 여광여취(如狂如醉, 미친 듯도 하고 취한 듯도 함)한 듯 홀로 뛰어나와 심청 가던 길을 찾아 강변에 홀로 앉아 딸을 부르며 울었다.

"내 딸 심청아, 너는 어이 못 오느냐. 인당수 깊은 물에 네가 죽어 황천 가서 너의 어머니 뵈옵거든 모녀간의 혼이라도 나를 어서 잡아가거라."

이렇듯이 눈물을 흘리고 있을 때, 관차(官差, 관아에서 보내던 군뢰 · 사령 따위의 아전)가 심 봉사 강변에서 운단 말을 듣고 강변으로 쫓아와서,

"여보, 봉사. 관가님께서 부르시니 어서 바삐 가십시다."

심 봉사 이 말 듣고 깜짝 놀라,

"나는 아무 죄가 없소."

"황성에서 맹인님 불러 올려 벼슬을 주고 좋은 가택을 많이 준다 하

니, 어서 급히 관가로 갑시다."

심 봉사 관차 따라 관가에 들어가니 관가에서 분부하였다.

"황성 맹인 잔치 한다니 어서 급히 올라가라."

심 봉사가 대답하였다.

"옷 없고 노자 없어 황성 천 리 못 가겠소."

관가에서도 심 봉사 일을 다 아는지라 노자를 내어 주고 옷 한 벌을 내어 주며 어서 바삐 올라가라 하였다. 심 봉사가 집으로 돌아와 마누라를 불렀다.

"뺑덕이네."

뺑덕 어미는 심 봉사가 홧김에 물에 빠진 줄 알고 남은 살림 내 차지라고 속으로 은근히 좋아하더니 심 봉사가 들어오니까 급히 대답하였다.

"네, 네."

"여보게, 마누라. 오늘 관가에 갔더니 황성서 맹인 잔치를 한다고 나더러 가라 하니 내 갔다 올 터이니 집안을 잘 살피고 나오기를 기다리시오."

"여필종부(女必從夫, '아내는 반드시 남편의 뜻에 좇아야 한다'는 말)라니 서방 가는 데 나 아니 갈까? 나도 같이 가겠소."

"자네 말이 하도 고마우니 같이 가 볼까? 건넛마을 김장가에게 돈 삼백 냥 맡겼으니 그 돈 중에 오십 냥 가지고 가세."

"아이고, 봉사님 딴소리 하네. 그 돈 삼백 냥 벌써 찾아 이달의 살구 값으로 다 없앴소."

심 봉사 기가 막혀,

"삼백 냥 찾아온 지 며칠 안 되어 살구 값으로 다 없앴단 말이야?"

"고까짓 돈 삼백 냥을 썼다고 그같이 노여워하나?"

"네 말하는 꼴 들어 보니 귀덕이네 집에 맡긴 돈도 또 썼겠구나."

뺑덕 어미 또 대답하였다.

"그 돈 백 냥 찾아서는 떡 값, 팥죽 값으로 벌써 다 썼소."

심 봉사 더욱 기가 먹혀,

"애고, 이 몹쓸 년아, 내 딸 효녀 심청이 인당수에 죽으러 갈 때 사후에 신세라도 의탁하라 주고 간 돈, 네년이 무엇이라고 그 중한 돈을 떡 값, 살구 값, 팥죽 값으로 다 녹였단 말이냐?"

"그러면 어찌하여요? 먹고 싶은 것을 안 먹을 수 있소?"

뺑덕 어미가 애교를 부리며,

"어쩐 일인지 지난 달에 몸 구실을 거르더니, 신 것만 구미에 당기고 밥은 아주 먹기가 싫어요."

그래도 어리석은 사내라 심 봉사 이 말을 듣고 깜짝 놀라,

"여보게, 그러면 태기가 있나 보오. 그러나 신 것을 많이 먹고 그 애를 낳으면 그놈의 자식이 시큰둥하여 쓰겠나? 남녀 간에 하나만 낳소. 그도 그러려니와 서울 구경도 하고 황성 잔치도 같이 가세."

이렇듯 말하여 행장을 차릴 때에, 심 봉사 거동 보라. 제주 양태(갓의 밑 둘레 밖으로 둥글넓적하게 된 부분), 굵은 베로 두루마기에 목 전대 둘러 띠고, 노잣돈을 보에 싸서 어깨 너머 둘러메고, 대나무 지팡이를 왼손에 든 연후에, 뺑덕 어미 앞세우고 심 봉사 뒤를 따라 황성으로 올라갔다.

한 곳에 다다라서 한 주막에서 자노라니, 그 근처에 황 봉사라 하는 소경이 뺑덕 어미가 잡것인 줄 인근 읍에 자자하여 한 번 보기를 원하였

는데, 뺑덕 어미가 으레 그곳에 올 줄 알고 그 주인과 의논하고 뺑덕 어미를 유인할 때 뺑덕 어미 속으로,

'심 봉사 따라 황성 잔치 간다 해도 눈 뜬 계집이야 참례도 못 할 터이요, 집으로 가자니 외상값에 졸릴 테니 집에 가 살 수 없은즉, 황 봉사를 따라가면 일신도 편하고 한철 살구는 잘 먹을 터이니 황 봉사를 따라가리라.'

하고 심 봉사의 노자 행장까지 도적해 가지고 밤중에 도망을 하였다.

불쌍한 심 봉사는 아무것도 모르고 식전에 일어나서,

"여보소, 뺑덕 어미. 어서 가세. 무슨 잠을 그리 자나."

하며 말을 한들 수십 리나 달아난 계집이 대답이 있을 수 있겠는가.

"여보소, 마누라."

아무리 하여도 대답이 없으니 심 봉사 마음이 괴이하여 머리맡을 더듬으니 행장 노자 싼 보가 없는지라 그제야 도망한 줄 알고,

"애고, 이 계집 도망하였나?"

심 봉사 탄식하였다.

"여보게, 마누라. 나를 두고 어데 갔나? 나도 가세, 마누라. 나를 두고 어데 갔나? 황성 천 리 먼먼 길을 누구와 함께 동행하며 누구를 믿고 가잔 말인가. 나를 두고 어데 갔나? 애고 애고, 내 일이야."

이렇듯 탄식하다가 다시 생각하고,

"아서라, 그년 생각하니 내가 잡놈이다. 현명한 곽씨 부인 죽고, 내 딸 심청과 생이별도 하였거든, 그 망할 년을 다시 생각하면 내가 또 잡놈이다. 다시는 그년을 생각하며 말도 아니하리라."

하더니 그래도 또 못 잊어,

"애고, 뺑덕 어미."

부르며 그곳에서 떠났다.

심 봉사가 홀로 황성으로 가다

외로운 나그네로 그럭저럭 가노라니, 때는 마침 오뉴월 더운 때였다.
무더위는 불 같은데 비지땀 흘리면서 한 곳에 이르니, 해맑은 시냇가 멱
감는 아이들이 저희끼리 재담하며 물소리를 내는지라, 심 봉사가,

"에라, 나도 목욕이나 하여야겠다."

하고 고의 적삼 활활 벗고 시냇물에 들어앉아 목욕을 한참 하고 물가로
나오면서 옷을 찾아 더듬으니 심 봉사보다 더 궁한 도둑놈이 집어 들고
달아났다.

벌거벗은 심 봉사가 불같이 따가운 볕에 땀을 뻘뻘 흘리면서 홀로 앉
아 탄식한들 그 누가 옷을 줄까? 그럴 즈음 무릉 태수가 황성 갔다 오는
길에, 벽제(辟除, 옛날 왕이나 관원 등 지위가 높은 사람이 지나갈 때 구종 별배가 소
리를 질러 사람들의 통행을 막는 일) 소리 반겨 듣고,

"옳다, 저 관원에게 억지나 좀 써 보리라."

벌거벗은 알봉사가 불두덩만 감싸 쥐고 소리쳤다.

"전해 주시오! 나는 황성 가는 봉사요. 내 사정을 제발 들어 보시오."

행차가 멈추었다.

"어디 사는 소경이며 어찌 옷은 벗었으며 무슨 말을 하려는가?"

심 봉사가 말하였다.

"저는 황주 도화동에 사는 심학규이온데, 서울로 가는 길에 날이 너무 더워서 길을 갈 수가 없기로 목욕하고 가려고 잠깐 목욕을 하고 나와서 보니, 어느 못된 좀도적놈이 의관과 봇짐을 모두 다 가져가서 낮에 나온 도깨비처럼 이러지도 저러지도 못하게 되었습니다. 제 의관과 봇짐을 찾아 주시거나 별도로 마련해 주옵소서. 그리 아니하시면 잔치에 가지 못할 것이니, 나으리께서 특별히 살펴 주시기를 바라옵니다."

태수가 이 말을 듣고 불쌍히 여겨,

"네 아뢰는 말을 들으니 꽤 유식한 것 같구나. 그 사정을 호소문으로 써서 올리도록 하라. 그런 다음에야 의관과 노자를 주겠노라."

심 봉사가 말하였다.

"글은 좀 하오나 눈이 어두우니 형방 아전을 보내 주시면 불러서 쓰게 하겠습니다."

태수가 형방에게 분부하여,

"써 주도록 하라."

하니 심 봉사가 호소문을 부르기를 서슴지 아니하고 좍좍 지어 올려 태수 받아 보니 그 내용은 이러하였다.

하늘에 죄를 얻어 타고난 팔자가 기박하여 두 눈이 어두워 보지 못하고 즐거움은 부부만 한 것이 없는데도 죽은 아내를 다시 만나지 못함이 한스럽네.

일찍이 청운의 꿈을 품었는데 늘그막에 생각하니 한 일 없이 머리만 세어졌으니 눈물이 흘러 옷깃 적시고 깊은 근심에 눈자위 찡그리도

다. 아침저녁 몰라보게 늙어감은 피부를 만져 보니 알겠네. 입에 풀칠하려고 이리저리 밥을 빌고 옷은 몸을 못 가리니 어디 가서 얻어 올까. 우리 천자 거룩하사 명을 내려 맹인 잔치 열어 주시니 밝은 햇빛 골짝마다 비치어서 동서남북 사방으로 서울에서 시골까지 갈 길은 멀고 먼데 가진 것은 지팡이 하나이고 살림이 가난하여 가진 것은 바가지 하나라네.

날씨가 너무 더워 냇가에서 목욕을 하다가 의복과 봇짐을 백사장에서 잃었으니 봇짐과 전대를 많은 나그네들 틈에서 찾기 어렵도다. 내 신세 생각하니 울에 걸린 양과 같네. 옷을 벗은 맨몸은 낮에 나온 도깨비요, 혼자서 우는 모습 그림자 없는 귀신일세.

엎드려 생각하니 나으리는 어질고 밝은 관리이시니 화살 맞은 새를 살려 주시고 물 마른 고기를 구해 주소서. 고금에 없는 이 어려움을 도와주시면 이 세상에 다시 살린 은혜가 되실 테니 밝히 살피시고 처리해 주옵소서.

태수가 심부름꾼을 불러 옷고리짝을 열고 의복 한 벌 내어 주고, 가마 뒤에 달린 갓 떼어 주고, 노잣돈을 주니, 심 봉사가 또 말하였다.

"신이 없어 못 가겠소."

"신이야 할 수 있느냐. 하인의 신을 주자 하니 저희들이라고 발을 벗고 갈 수 있나."

그때 마침 그중에 마부질 심하게 하는 놈이 말 탄 손님의 돈을 일쑤 잘 발라내어(남의 것을 교묘하게 빼앗아 가져), 말죽 값도 한 돈이면 열두 냥 훑어 내고, 신이 성하여도 떨어졌다 하고 신 값을 총총 훑어 내어 신을 사서 말 궁둥이에다 달고 다니니, 원님이 그놈의 하는 행동이 괘씸하다고

여겨고 신을 떼어 주라 하니, 심부름꾼이 달려들어 떼어 주었다. 심 봉사 신을 얻어 신은 후에,

"오늘 가면서 먹을 담뱃대도 없소."

태수가 말하였다.

"그러하면 어찌하잔 말인가?"

"글쎄 그렇단 말씀이오."

태수가 웃고 담뱃대를 내어 주니 심 봉사가 받아 가지고,

"황송하오나 담배 한 대 맛보았으면 좋을 듯하오."

태수가 방자 불러 담배 내어 주니 심 봉사가 작별을 고하고 황성으로 올라갈 때, 대성통곡 우는 말이,

"도중에 어진 수령 만나 의복은 얻어 입었으나 길을 인도할 사람이 없으니 어찌하여 찾아갈까?"

이렇게 탄식하며 앞내 버들은 푸른 휘장 두르고 뒷내 버들은 초록 휘장 둘러 한결같이 늘어지고 펑퍼져서 휘어져 늘어진 곳에서, 심 봉사가 그늘에 앉아 쉬는데 온갖 새들이 날아들었다.

> 뭇새들이 날아들 제
> 농초화답(弄草和答, 풀을 희롱하며 소리로써 서로 응답함)에 짝을 지어 왔다
> 갔다 날아들 제
> 말 잘 하는 앵무새며 춤 잘 추는 학두루미
> 수오기 따오기며, 청강산 기러기, 갈무, 제비 모두 다 날아들 제
> 장끼는 낄낄, 까토리 푸드등, 방울새 덜렁, 호반새 수루룩,
> 온갖 잡새 다 날아든다.

만수문전(萬壽門前) 풍년새며
저 쑥국새 울음 운다.
이산으로 가면서 쑥국쑥국
저산으로 가면서 쑥국쑥국
저 꾀꼬리 울음 운다.
머리 곱게 곱게 빗고 물 건너로 시집가자
저 까마귀 울고 간다.
이리로 가며 갈곡
저리로 가며 까옥
저 집비둘기 울음 운다.
콩 하나를 입에 물고 암놈 수놈이 어루려고
둘이 혀를 빼어 물고 구루우 구루우 어루는 소리할 제.

심 봉사가 점점 들어가니 뜻밖에 나무꾼 아이들이 낫자루 손에 쥐고 지게 목발 두드리면서 목동가를 노래하며 심 맹인을 보고 희롱한다.

만첩 청산은 층층이 높아 있고
청산 녹수는 가득 차서 깊어 있다.
좁은 세상에 너른 바다가 여기로다.
지팡막대 비껴 들고 천리강산 들어가니
높은 하늘 너른 천지 이 산중이 놀기 좋다.
동산에 올라 휘파람 불고 시냇가에 앉아 시를 짓네
산천 기세 좋거니와 남해 풍경 그지없다.
좋은 경치 못 이기어 칼을 빼어 높이 들고
녹수청산 그늘 속에 오락가락 내다보며
동서남북 산천들을 오락가락 구경하니

원근 산촌 두세 집에 저녁노을 잠겼어라.

심산처사 어드메냐, 물을 곳이 어렵도다.

무심할손 저 구름은 맑은 물에 어려 있다.

유유한 까마귀는 청산 속에 왕래한다.

황산곡(黃山谷, 중국 송나라 때 시인 황정견의 호)이 어드메뇨 오류촌(五柳村, 동진 때의 시인 도연명[오류선생]이 살던 마을)이 여기로다.

영척(甯戚, 춘추 시대 제나라의 대부. 원래는 가난하여 남의 수레를 끌어주면서 살았음)은 소를 타고 맹호연(孟浩然, 당나라 때의 시인) 나귀 탔네.

두목지(杜牧之, 당나라 때의 시인) 보려고 백낙천변(白樂川邊, 당나라 때의 시인인 백거이[白居易], 즉 백낙천[白樂天]의 이름을 이용한 말장난) 내려가니

장건(張騫, 한나라 때 서역을 개척한 사람)은 배를 타고(장건이 뗏목을 타고 은하수에 가서 직녀를 만났다는 전설이 있음) 여동빈(呂洞賓, 당나라 때의 도사. 신선이 되었다는 이야기가 있음) 백로 타고

맹동야(孟東野, 당나라 때의 시인 맹교의 호) 너른 들에 와룡강(臥龍江, 제갈량이 살던 곳)변 내려가니

팔진도(八陣圖, 제갈량이 사용한 진법) 축지법은 제갈공명뿐일쏘냐.

이 산중에 들어오신 심 맹인이 분명하다.

이리저리 노닐면서 종일토록 내 즐기니

산수를 즐기면서 인의예지 하오리라.

솔바람 거문고에 폭포로 북을 삼아

자잘한 시비 말고 흥을 겨워 노닐 적에

아침날 깨온 술을 점심 지어 다 먹으며

피리를 손에 들고 자진곡 노래하니

상산사호(商山四皓, 진나라 말기에 난을 피하여 상산이란 곳에 숨은 네 명의 노인) 몇몇인고, 날과 하면 다섯이요,

죽림칠현(竹林七賢, 위·진 교체기에 정치에는 등을 돌리고 대나무숲에 모여 거문고와 술을 즐기며 청담으로 세월을 보낸 일곱 명의 선비) 몇몇인고 날과 하면

여덟이라.

　　고소성 외 한산사에 야반종성이 여기로다.
　　시왕전에 경쇠 치는 저 노승아,
　　삼천세계 극락전에 인도 환생 하는구나.
　　아미타불 관음보살 정성으로 외우는데
　　극력 안심하여 옛사람을 생각하니
　　주 시절 강태공은 위수에 고기 낚고
　　유현주 제갈량은 남양 운중 밭을 갈고
　　이승기절 장익덕은 유리촌에 걸식하고
　　이 산중에 들어오신 심 맹인도 또한 때를 기다리라.

　나무꾼 아이들이 이렇듯이 심 봉사를 빗대어 노래를 불렀다. 심 봉사가 목동 아이들을 이별하고 한 발 한 발 안으로 더듬어 나아가서 여러 날이 지나니 서울이 가까웠다. 낙수교를 얼른 지나 서울 근교를 들어가니 한 곳에 방앗집이 있어 여러 여자들이 방아를 찧고 있었다. 심 봉사가 더위를 식히려고 방앗집 그늘에 앉아 쉬고 있는데 여러 사람들이 심 봉사를 보고,

　"애고, 저 봉사도 잔치에 오는 봉사인가 보오? 요즈음에 봉사들 살 판이 생겼네. 저리 앉았지 말고 방아나 좀 찧어 주지."

　심 봉사가 그제야 마음속으로,

　'옳지, 양반네 집 종이 아니면 상놈의 아낙네로다. 그렇다면 여기서 한번 놀려 먹기나 해 보리라.'

생각하고 대답하기를,

　"천리 타향에서 힘들게 올라오는 사람더러 방아 찧으라 하기를 자기

네 집안 어른더러 하듯 하니, 무엇이나 좀 줄라면 찧어 주지."

"애고, 그 봉사 음흉하여라. 주기는 무엇을 주어, 점심이나 얻어먹지."

"점심 얻어먹으려고 찧어 줄까."

"그러면 무엇을 주어, 고기나 줄까?"

심 봉사가 하하 웃으며,

"그것도 고기지. 고기지마는 주기가 쉬울라고?"

"줄지 아니 줄지 어찌 아나. 방아나 찧고 보지."

"옳거니, 그 말이 반허락이렷다?"

방아에 올라서서 떨구덩 떨구덩 찧으면서 심 봉사가 지어 내어 하는 말이,

"방아소리는 잘 하지마는 누가 알아 주겠소."

여러 여종들이 그 말 듣고 졸라 대니, 심 봉사가 견디지 못하여 방아 소리를 하였다.

어유아 방아요.
태고(太古)라 천황씨(天皇氏, 중국 전설 속 제왕)는 목덕으로 왕(王) 하시니 이 나무로 왕 하신가,
어유아 방아요.
유소씨(有巢氏, 중국 전설 속 성인. 새가 보금자리를 만들고 사는 것을 보고 사람 에게 집을 짓는 것을 가르쳤다고 함) 나무에다 집을 지으니 이 나무로 집을 얽은가,
어유아 방아요.
신농씨 나무를 가지고 따비(풀뿌리를 뽑거나 밭을 가는 데 쓰는 농기구)를 만드니 이 나무로 따비를 한가,

어유아 방아요.

적적공산 나무 베어 이 방아를 만들었네.

방아 만든 것을 보니 이상하고 이상하다.

어유아 방아요.

길고 가는 허리를 보니 초패왕(항우)의 우미인(虞美人, 항우가 가장 사
랑하던 여인) 넋일런가,

그네 뛰고 놀던 발로 이 방아를 찧겠구나.

어유아 방아요.

우리 천자가 어지셔서 나라가 평안한데

하물며 맹인 잔치 고금에 없었으니

우리도 태평성대에 방아소리나 하여 보세.

어유아 방아요.

한 다리 높이 밟고 오르락내리락 하는 양과

실룩벌룩 뻣죽뻣죽 조개로다.

어유아 방아요.

얼씨고 좋을씨고 지화지자 좋을씨고.

흥에 겨워 이렇게 해 놓으니, 여러 여종들이 듣고 깔깔 웃으며,

"에그, 봉사님 그게 무슨 소리요. 자세히도 아네. 아마도 그리로 나왔
나 보오."

"그리로 나온 게 아니라 해 보았지."

여러 사람들이 손뼉을 치며 크게 웃었다. 그럭저럭 방아를 찧고 점심
을 얻어먹고 봇짐에다 술을 넣어 지고 지팡막대를 쥐고 나서면서,

"자, 마누라들 그리들 하오. 잘 얻어먹고 가네."

"어, 그 봉사 심심치 않아서 사람은 좋은데, 잘 가고 내려올 때 또 오

시오."

심 봉사가 거기서 작별을 고하고, 성안에 들어가니 억만 장안이 모두 다 소경들로 가득하여 서로 딱딱 부딪쳐 다니기 어려웠다.

심 봉사가 맹인 안씨를 만나다

한 곳을 지나는데 어떤 여자가 문밖에 섰다가,

"저기 가는 분이 심 봉사시오?"

"게 누군고, 날 알 사람이 없는데 그 뉘가 나를 찾나?"

"여보, 댁이 심 봉사 아니오?"

"그렇기는 하오마는 어쩐 일이시오?"

"그렇잖은 일이 있으니 게 잠깐 머물러 계시오."

하고 들어가더니 다시 나와 인도하여 사랑에다 앉히고 저녁밥을 내오니 심 봉사가 생각하기를,

'괴이한 일이다. 이게 어쩐 일인고?'

차려 온 음식과 반찬이 예사 음식이 아니어서 밥을 달게 먹었다. 저물어 황혼이 되니, 그 여인이 다시 나와서,

"여보시오, 봉사님. 날 따라서 안방으로 들어갑시다."

심 봉사가 대답하였다.

"이 집에 바깥주인이 있는지 없는지는 모르겠지만 어찌 남의 안방으로 들어가겠소?"

"예, 그런 것은 캐묻지 마시고 나만 따라오시오."

"여보시오, 무슨 병환이 있어서 이러시오?"

"여보, 헛말씀 그만하고 들어가 보시오."

지팡이를 끌어당기니 끌려가며 의심이 나서,

'아뿔싸, 내가 아마도 보쌈(귀한 집 딸이 둘 이상의 남편을 섬겨야 될 사주팔자
인 경우에, 밤에 외간 남자를 보에 싸서 잡아다가 딸과 재우고 죽이던 일. 이렇게 한 다
음 그 딸은 과부가 될 액운을 면하였다고 하여 안심하고 다른 곳으로 시집을 갔다고 함)
에 들어가지. 어떡한다.'

혼자말로 중얼거리면서 대청마루에 올라가서 자리에 앉으니 동편의
한 여인이 묻기를,

"댁이 심 봉사신가요?"

"어찌 아시오?"

"아는 도리가 있지요. 먼 길에 평안히 오시오. 내 성은 안가이고 서울
서 살아오고 있는데, 불행히도 부모님이 모두 돌아가시고 홀로 이 집을
지키고 있습니다. 지금 나이가 스물다섯 살이나 되었는데도 아직 시집
을 가지 못하고 있답니다. 일찍이 점치는 법을 배워서 배필 될 사람을
알아보았더니, 며칠 전에 우물에 해와 달이 떨어져 물에 잠기기에 제가
건져 품에 안는 꿈을 꾸었답니다. 가만히 생각해 보니, 하늘의 해와 달
은 사람의 눈인데 해와 달이 떨어졌으니 나처럼 맹인인 줄 알고, 물에
잠겼으니 심씨인 줄 알았지요(심[沈]은 물에 가라앉는다, 잠긴다는 뜻). 그날부
터 아침 일찍 종을 시켜 문에 지나가는 맹인을 차례로 물어 온 지 여러
날 만에 천우신조(天佑神助, 하늘과 신령의 도움)로 이제야 만나니 연분인가
합니다."

심 봉사가 픽 웃으며,

"말이야 좋소마는 그러하기가 쉬울런지요?"

안씨 맹인이 종을 불러 차를 들여 권한 뒤에,

"사시는 곳은 어디며 어떻게 되시는 분이신지요?"

심 봉사가 자기 신세 전후 사정을 낱낱이 말하며 눈물을 흘리니, 안씨 맹인이 위로하고 그날 밤에 함께 잠자리에 들었다. 한창 좋을 고비에 둘이 다 없는 눈이 벌떡벌떡할 듯하지만 서로 알 수 있나. 사람은 둘이어서 눈을 합하면 넷이지만 이들은 담배씨만큼도 보이지 않으니 어쩔 수 없어 잠을 자고 일어났다.

그동안 주린 판이요 첫날밤이니 오죽 좋으랴마는, 심 봉사는 근심스런 얼굴로 앉아 있었다. 안씨 맹인이 묻기를,

"무슨 일로 즐거운 빛이 없으니 제가 도리어 무안합니다."

"나는 본디 팔자가 기박하여 평생을 두고 살펴보니 막 좋은 일이 있으면 서러운 일이 생기곤 하였소. 이제 또 간밤에 꿈을 꾸니 평생 불길할 징조가 보입디다. 내 몸이 불에 들어가고, 내 가죽을 벗겨 북을 매고, 또 나뭇잎이 떨어져 뿌리를 덮으니 아마도 나 죽을 꿈이 아닌가 하오."

안씨 맹인이 듣고서 말하기를,

"그 꿈 참 좋습니다. 꿈이 흉하면 좋은 일이 생긴다 했으니, 내가 잠깐 해몽해 드리리다."

하고는 세수하고 향을 피워 놓고 단정히 꿇어앉아 산통(算筒, 맹인이 점을 칠 때 쓰는, 산가지를 넣은 통)을 높이 들고 축문을 읽은 뒤에 점괘를 풀어 글

을 지었다.

> 몸이 불 속에 들어가니 만날 기약 있겠고,
> 가죽을 벗겨 북을 만드니,
> 가죽은 궁성(宮聲)이라(가죽으로 만든 북을 두드리면 '궁' 소리가 난다는 뜻) 궁
> 궐에 들어갈 징조요,
> 낙엽이 뿌리로 돌아가니 자손을 만나리라.

"좋은 꿈이오니 대단히 반갑습니다."
심 봉사가 웃으며 말하였다.
"속담에 '천부당만부당', '가죽과 살의 관계'(피육불관[皮肉不關] : 아무런
관련이 없음), '지어 낸 말'이란 말이 있소. 내 본디 자손이 없는데 누구를
만나겠소? 잔치에 참례하면 궁궐에 들어가고 관청의 밥도 먹게 될 테지
요."
안씨 맹인이 다시 말하였다.
"지금은 내 말을 믿지 않지만 두고 보시오."
아침밥을 먹은 뒤에 대궐 문밖에 다다르니 각 도 각 읍 소경들이 들거
니 나거니로 객사마다 들끓었다. 소경이란 소경들은 장안에 그득하니
눈이 성한 사람마저 병신으로 보였다. 분부받은 군사들이 푸른 깃발을
둘러메고 골목골목 두루 돌며 큰 소리로,
"각 도 각 읍 소경님께, 맹인 잔치 끝막이니 바삐 가서 참석하오."
하고 알리며 지나가자 객사에서 한숨 쉬던 심 봉사가 바삐 떠나 대궐로
찾아 수문장이 서서 들어오는 소경을 일일이 확인하고 들여보냈다.

심 봉사가 심청을 만나 눈을 뜨다

이때에 심 황후는 나날이 오는 소경들의 거주 성명을 받아 보며 목을 늘여 고대하여도 아버지 이름이 없는지라 눈물 흘리며 탄식하였다. 삼천 궁녀가 에워싸고 있으니 크게 울지 못하고 옥난간에 나앉아서 문설주에 고운 얼굴을 대고 혼잣말로,

"불쌍하신 우리 아버지 세상에 사셨나 죽으셨나? 부처님이 영험하여 그동안에 눈을 떠서 맹인 잔치 빠지셨나? 당년 칠십 노환으로 병이 들어 못 오시나? 오시다가 멀고 먼 길 노중에서 무슨 낭패 보셨는가? 이 몸이 살아나서 귀하게 되었음을 아실 리가 없으니 안타깝고 원통하다. 잔치가 오늘 마지막이니 내가 몸소 나가 보리라."

하며 뒷동산에 자리를 잡고 앉으셔서 맹인 잔치를 구경하는데 풍악도 요란하며 음식도 풍성하였다. 잔치를 다 끝낸 뒤에 맹인 명부를 올리라 하여 의복 한 벌씩을 내어 주니, 맹인들이 모두 사례하는데 명단에 들지 못한 맹인 하나가 우두커니 서 있었다. 심 황후가 보고,

"저 사람은 어떤 맹인이오?"

하고 상궁을 보내어 물으니 심 봉사가 겁을 내어,

"저는 집이 없어 천지로 집을 삼고 사해로 밥을 부치어 떠돌아다니오니, 어느 고을에 산다고 할 수가 없어서 명단에도 들지 못하여 제 발로 들어왔습니다."

심 황후가 반가워하면서 가까이 들라 하니 상궁이 명을 받아 심 봉사

의 손을 끌어 별전으로 들어갔다. 심 봉사는 무슨 영문인 줄 모르고 겁을 내어 더듬거리는 걸음으로 별전에 들어가 계단 아래 섰는데, 그 얼굴은 몰라볼 만큼 변해 있었고 머리에는 흰 머리카락이 듬성듬성하였다. 심 황후가 삼 년 동안을 용궁에서 지내다 보니 아버지의 얼굴이 가물가물하여 물어보았다.

"처자는 있으신가요?"

심 봉사가 땅에 엎드려 눈물을 흘리면서 여쭈었다.

"여러 해 전에 아내를 잃고, 초칠일이 못 지나서 어미 잃은 딸이 하나 있었습니다. 제가 눈이 어두운 몸으로 어린 자식을 품에 품고 동냥젖을 얻어먹여 근근히 길러 내어 점점 자라면서 효행이 뛰어나서 옛사람을 앞서더니, 요망한 중이 와서, '공양미 삼백 석을 시주하면 눈을 떠서 볼 것입니다' 하니 저의 딸이 듣고, '어찌 아비 눈 뜨리란 말을 듣고 그저 있으리오' 하고, 다른 길로는 공양미를 마련할 길이 전혀 없어 저도 모르게 남경 뱃사람들에게 삼백 석에 몸을 팔아서 인당수에 제물로 빠져 죽었는데, 그때 나이가 열다섯이었습니다. 눈도 뜨지 못하고 자식만 잃었사오니 자식 팔아먹은 놈이 세상에 살아 쓸데없으니 죽여 주옵소서."

심 황후가 듣고 눈물을 흘리며, 그 말씀을 자세히 들으니 분명히 아버지인 줄을 알 수 있었다. 아버지와 딸 사이의 천륜에 어찌 그 말씀이 끝나기를 기다렸겠는가마는 자연 이야기를 만들자 하니 그렇게 되었던 것이었다. 그 말씀을 마치자 심 황후가 버선발로 뛰어 내려와서 아버지를 안고,

"아버지, 제가 정녕 인당수에 빠져 죽었던 심청이어요."

심 봉사가 깜짝 놀라,

"이게 웬말이냐?"

하더니 어찌 반갑던지 뜻밖에 두 눈에서 딱지 떨어지는 소리가 나면서 두 눈이 활딱 밝았다.

그 자리에 가득 모여 있던 맹인들이 심 봉사 눈 뜨는 소리에 일시에 눈들이 뜨이는데, '희번덕, 짝짝' 까치 새끼 밥 먹이는 소리 같았다. 뭇 소경이 밝은 세상을 보게 되고, 집 안에 있는 소경, 계집 소경도 눈이 다 밝고, 배 안의 소경 배 밖의 맹인, 반소경 청맹과니(겉보기에는 멀쩡하면서도 앞을 못 보는 사람)까지 모조리 다 눈이 밝았으니, 맹인에게는 천지개벽이나 다름없었다.

심 봉사가 반갑기는 반가우나 눈을 뜨고 보니 도리어 처음 보는 얼굴이라, 딸이라 하니 딸인 줄 알지마는 한 번도 보지 못한 얼굴이라 알 수가 있는가.

"이분이 누구뇨? 갑자 시월 초파일 꿈에 보던 얼굴일세. 음성은 같은데 얼굴은 초면일세. 허허, 세상 사람들아, 고진감래(苦盡甘來) 흥진비래(興盡悲來, '고생 끝에 즐거움이 오고, 즐거움이 다하면 슬픈 일이 온다'는 뜻. 세상일이 돌고 돎을 뜻하는 말)는 나를 두고 한 말일세. 얼씨구 좋을씨구 지화자 좋을씨구! 어둡던 두 눈 뜨니 황성 대궐이 웬말이며, 궁중을 살펴보니 죽은 몸이 한 세상에 심 황후 되고 사십여 년 긴긴 세월 앞 못 보던 내 두 눈을 홀연히 다시 뜨니 이는 모두 옛글에도 없는 일. 허허, 세상 이런 말을 들었는가? 얼씨구 좋을씨구, 지화자 좋을씨구! 이런 경사 어디 있나? 칠십 평생 처음일세!"

딸의 목을 안고 기쁘기도 하고 슬프기도 하여 하는 말이,

"불쌍하다. 너의 어미 황천으로 돌아가서 내가 너를 잃고 수삼 년 고생으로 지내다가 황성에서 너를 만나 이같이 좋아하는 양을 알까 보냐. 춤추며 노래하되 죽은 딸 다시 보니 사람으로 다시 태어났는가. 어두운 눈을 뜨니 대명천지 새로워라. 부중생남중생녀(不重生男重生女, 아들 낳기보다 딸 낳기를 더 중히 여김. 백거이의 「장한가[長恨歌]」에서 양귀비를 빗대어 한 말) 나를 보고 이름이라. 지화자 좋을시고."

하고 좋아서 죽을동 살동 춤추며 노래하였다.

　　　얼씨구 절씨구 지화자자 좋을씨구
　　　어화, 세상 사람들아 아들 낳기 힘쓰지 말고 딸 낳기를 힘쓰시오.
　　　죽은 딸 심청이를 다시 보니
　　　양귀비가 죽었다가 다시 살아난가,
　　　아무리 보아도 내 딸 심청이지.
　　　딸 덕으로 어두운 눈을 뜨니 해와 달이 다시 밝아 더욱 좋도다
　　　별이 뜨고 구름이 이니 온갖 만물이 즐거한다.
　　　태평세월 다시 보니 얼씨고 좋을시고.
　　　아들 낳기 힘쓰지 말고 딸 낳기를 힘쓰라 함은 나를 두고 이름이라.

이때 무수한 소경들도 영문 모르고 춤을 춘다.

　　　지화자 지화자 좋을씨고 어화 좋구나.
　　　세월아 세월아 가지 마라.
　　　돌아간 봄 다시 돌아오건마는,

우리 인생 한 번 늙어지면 다시 젊기 어려워라.
옛글에 이르기를 '좋은 때는 만나기 어렵다' 하는 것은
세상의 명현 공자 맹자 말씀이요,
우리 인생 무슨 일 있으랴.

노래를 마치고 다시 '산호 산호 만세(山呼萬歲, 나라의 중요한 의식에서 신하
들이 임금의 만수무강을 축원하여 두 손을 치켜들고 만세를 부르던 일. 중국 한나라 무
제가 숭산에서 제사 지낼 때 신민들이 만세를 삼창한 데서 유래함)!'를 불렀다.

그날로 심 봉사에게 예복을 입혀 임금과 신하의 예로 인사를 하고 다
시 내전에 들어가서 여러 해 쌓였던 회포를 풀며 안씨 맹인의 일까지
낱낱이 이야기하였다. 심 황후가 듣고 비단 가마를 내어보내어 안씨를
모셔들여 아버지와 함께하게 하였다. 천자가 심학규를 부원군으로 봉
하고 안씨는 정렬부인으로 봉하고, 또 장 승상 부인에게는 특별히 많은
재물을 상으로 내렸다. 도화동 동민들에게는 부역을 면제해 주고 많은
재물을 상으로 내리시어 마을에 어려운 일을 도와주라 하니, 도화동 사
람들이 하늘 같고 바다 같은 은혜에 감사하는 소리가 온 천지에 진동하
였다.

무창 태수를 불러 예주 자사로 승진시키고 자사에게 분부하여 황 봉
사와 뺑덕 어미를 즉시 잡아들이라 엄하게 분부하니, 예주 자사가 삼백
예순 관청에 사람을 풀어서 황 봉사와 뺑덕 어미를 잡아 올렸다. 부원군
이 천청루에 자리를 잡고 앉아서 황 봉사와 뺑덕 어미를 잡아들여,

"네 이 못된 년아, 산은 첩첩하고 밤은 깊은데 천지를 분별하지 못하
는 맹인을 두고 황 봉사를 얻어 가는 게 무슨 심보냐?"

하고 문초하니,

"역촌에서 주막을 차리고 있는 정연이라 하는 사람의 계집에게 유인 당하여 그러했습니다."

하였다. 부원군이 더욱 화가 나서 뺑덕 어미를 능지처참한 뒤에 황 봉사를 불러 꾸짖었다.

"네 이 못된 놈아, 너도 맹인이지? 남의 아내 꾀어 내니 너는 좋겠지만 잃은 사람은 불쌍하지 않겠느냐? 속담에 '꽃을 탐하는 미친 벌'이란 말이 있지마는 그럴 수가 있느냐? 마땅히 죽일 일이지만 특별히 귀양을 보내니 원망치 말라. 뒷날 세월이 흐른 뒤에 세상 사람이 이런 불의한 일을 본받지 못하게 하자는 것이니라."

이렇게 나무라니 온 조정의 벼슬아치며 천하 백성들이 가르침을 따랐다. 자손이 번성하고 천하에 아무런 어려움도 없으니 심 황후의 덕이 온 천하에 덮였으며,

"만세만세 억만세를 끝도 없고 한도 없이 누리기를 천 번 만 번 엎드려 비옵니다."

하고 칭송하였다. 심 황후가 천자에게 말하였다.

"이러한 즐거움이 없으니 축하하는 잔치를 베풀기를 바랍니다."

황제가 옳게 여겨 천하에 반포하여 일등 명기 명창을 다 불러 황극전에 자리를 잡고 앉고 온 조정의 모든 관리를 모아 즐길 때, 천하의 제후들이 모여 와서 세상의 진귀한 보물을 바치고, 일등 명창 일등 명기들이 거의 다 참여하였다. 태평성대를 만난 백성들은 곳곳에 춤추며 노래하였다.

심청이와 심 봉사 모두 부귀영화를 누리다

그 뒤에 심 황후와 정렬부인 안씨가 같은 해 같은 달에 아기를 가져 같은 달에 낳으니 둘 다 아들이었다. 심 황후의 어진 마음에 자기 일은 접어 두고 아버지가 아들 얻었다는 소식을 듣고 천자에게 알리니, 천자도 반기면서 음식물과 금은 비단을 많이 내리고 예관을 보내어 위문하였다.

부원군이 팔십을 바라보는 늦은 나이에 아이를 낳아 놓고 기쁜 마음 측량할 길 없어 밤인지 낮인지 모르던 차에, 황제가 금은 비단이며 음식을 내리고 예관을 보내어 위문하니 황공 감사하여 정중하게 사례하고 전하러 온 예관을 맞아들여 임금의 은혜에 사례하였다. 이 소식을 듣고 심 황후가 더욱 기뻐하면서 금은보화를 마련하고 예관을 보내어 위문하니 부원군이 더욱 기꺼워하며, 한편으로 예복을 갖추어 입고 예관을 따라 별궁에 들어가 심 황후에게 인사하니, 심 황후도 아들을 낳았으므로 그 즐거운 마음이 이루 다 측량할 길 없었다. 심 황후가 아버지의 손을 잡고 옛일을 생각하며 한편으로 기뻐하면서 또 한편으로는 슬퍼하니 부원군도 또한 슬퍼하였다. 그런 다음 부원군이 궁궐로 들어가 예관을 따라 옥난간 아래 다다르니 임금이 기뻐하며,

"경이 늘그막에 귀한 아들을 얻고, 게다가 짐의 태자와 같은 해 같은 달 같은 근원에서 났으니 어찌 아니 반가우리오. 아이가 현명하면 훗날에 나라 일을 의논하도록 하겠습니다."

축하하니, 부원군이 말하였다.

"예전에 공자께서도 말씀하시기를, '아들 낳기가 어려운 것이 아니라 기르기가 어렵고, 기르기가 어려운 것이 아니라 가르치기가 어렵다'고 하셨으니, 기다려 보십시다."

하고 물러나와 아이 모습을 보니 활달한 기상이며 빼어난 골격이 넉넉히 옛사람을 본받을 만하였다. 이름은 태동이라 하고, 점점 자라 열 살이 되니 총명과 지혜가 비할 데 없었고, 학문과 재능이 능통하니 부모의 사랑함이 손 안에 든 보옥에다 비할 바 아니었다.

무정세월(無情歲月. 덧없이 흘러가는 세월) 물 흐르듯 하여 태자의 나이 열세 살이 되니 심 황후가 태자를 혼인시키려 할 때, 외삼촌과 같은 달 같은 날에 혼례 올리기를 청하니, 황제께서 기꺼워하며 널리 알아보라 하였다. 이때 마침 좌강로(벼슬 이름) 권성운이 딸 하나를 두었는데 뛰어난 덕행과 빼어난 재질을 가졌으며 인물은 우미인을 앞지를 만하였다. 또 연왕(燕王, 중국 하북성 지방을 맡은 제후국 연나라의 왕)이 공주를 두었는데 안양공주라 했으며, 덕행이 뛰어나고 일을 처리함이 민첩하다고 소문이 났다. 임금이 이 소문을 듣고 연왕과 권 강로를 들라 하여 어전에서 청혼하니, 공주와 소저가 다같이 열여섯 살 동갑이었다. 그 두 사람이 모두 기꺼이 허락하니 황제가 명령 내리기를,

"권 소저로 태자의 배필을 정하고, 연왕의 공주로 태동의 배필을 삼음이 어떠하실는지오?"

하니 주위의 신하들이 모두,

"좋은 일입니다."

하고 허락하니, 심 황후와 부원군이며 온 조정이 즐거하였다. 즉시 태사관을 명하여 날을 잡게 하시니 삼월 보름날로 잡혀 온 나라의 큰 경사로 여겼다. 혼인날이 되어 큰 잔치를 차리니 각 지방의 제후와 모든 신하가 차례로 둘러서 있는 가운데 두 부인을 삼천 궁녀가 앞 뒤에서 모시고 나와 혼례장으로 인도하였다. 흰칠하게 생긴 두 신랑을 모든 신하들이 모시고 나오는데 그 모양이 북두칠성을 좌우로 둘러싼 듯하였다. 두 신부는 달 같고 꽃 같은 고운 모습에 푸른 저고리 붉은 치마를 입고, 칠보로 단장하여 온갖 패물을 허리 위에 늘어뜨리고 머리에는 화관을 썼다. 삼천 궁녀가 모인 가운데 일등 미녀를 뽑아서 두 낭자를 좌우에서 시중드는데 마치 월궁항아도 이보다 더 눈부시지는 못할 것이었다. 비단으로 수놓은 휘장을 공중에 둘러치고 혼인 자리에 나아가니 그 화려한 모습을 말로는 표현할 길이 없었다.

두 신랑이 각기 혼례를 올리고 폐백을 드린 뒤에 숙소로 돌아가니, 첫날밤에 원앙이 푸른 물을 만난 듯 맑은 정으로 아름다운 밤을 지냈다. 아침에 일어나 태자가 권 강로에게 먼저 인사하니 권 강로 부부가 매우 즐거워하였다. 태동 또한 연왕 부부에게 인사하니 연왕과 왕후도 매우 반기며 기뻐하였다. 즉시 태자에게 연락하여 조회에 인사하게 하니 황제가 기뻐하며 부원군을 들어오라 하여 같은 자리에 앉아 인사를 받고, 모든 신하의 문안 인사를 받은 뒤에,

"내가 진작 심태동을 조정에 들이고자 했으나 장가를 들기 전이라 지금까지 벼슬을 주지 못했는데 경들의 소견은 어떠하시오?"

하니 문무백관이 말하였다.

"인물이 출중하오니 곧바로 불러다 벼슬을 내리소서."

임금이 즉시 태동을 불러들여 한림학사 겸 간의태부 도훈관에 이부시랑(옛날 중국의 행정 조직인 육부 중에서 이부의 차관)의 직품(職品)을 내리고, 그 부인은 왕렬부인으로 봉하고 금은 비단을 많이 내리면서 말하였다.

"경이 전에는 공부하는 학생이라 국정을 돕지 아니했지만 오늘부터는 나라의 봉급을 받는 신하이니 정성을 다해 국정을 도우라."

태동이 공손히 절하고 물러나와 어머니께 인사를 드리니 즐기고 반기는 마음이야 어찌 다 형언하겠는가. 또 별궁에 들어가 심 황후에게 절하고 인사하니 심 황후도 즐거움을 이기지 못하여,

"신부가 어떠하더냐?"

하니 자리에서 물러서며 대답하였다.

"정숙하더이다."

심 황후가 궁금하여

"오늘 아침 임금님을 뵈올 때 무슨 벼슬을 내리셨느냐?"

물었더니,

"이러이러하였습니다."

하고 대답하니, 심 황후가 더욱 기뻐하며 태자와 태동을 데리고 하루 종일 즐긴 뒤에, 해가 저물자 자리에서 일어나며,

"속히 신부를 본가로 데려 가거라."

하였다. 그러자 두 신랑이 대답하기를,

"속히 데려다가 부모님께 영화(榮華)를 뵈어 드리겠습니다."

하니 심 황후가 크게 기뻐하며 말하였다.

"내 말도 또한 그 뜻이었다."

며칠 뒤에 부원군이 날을 잡아서 왕렬부인을 찾아가니, 부인이 시부모 내외분에게 예를 올리고 부원군과 정렬부인이 금옥같이 사랑하며 별궁을 새로 지어 왕렬부인을 살게 하였다.

태동이 낮이면 나라 일을 돌보고 밤이면 학문을 힘쓰니, 높고 낮은 관리들과 백성들 모두 칭찬하였다. 이럭저럭 태동의 나이 스무 살이 되었을 때 임금이 태동의 덕망을 조정 신하에게 물어본 뒤에, 하루는 태동을 불러들여,

"경이 덕망이 높기로 온 나라에 유명하니 어찌 벼슬을 아끼겠는가?"

하고 직위를 높여 이부상서 겸 태학관을 시키고 태자와 함께 공부하라하며, 그 아버지의 직위를 높여 남평왕으로 봉하고 정렬부인 안씨는 인성왕후로 봉하고, 또 상서 부인은 왕렬부인 겸 공렬부인을 봉하니, 남평왕과 상서와 인성왕후 모두 임금님의 은혜에 감사하고,

"우리가 무슨 공이 있어 이런 벼슬을 하는가?"

하며 밤낮으로 임금님의 은혜를 기리었다.

남평왕이 나이 팔순이 되었을 때, 우연히 병을 얻어 온갖 약이 효험이 없었다. 이에 심 황후의 어지신 효성과 부인의 착한 마음에 오죽 잘 간호했으랴마는, 죽는 사람은 다시 살릴 방도가 없는 법이라 세상을 버리니, 온 집안이 망극하고 또한 심 황후가 애통하여 황제에게 이 사실을 아뢰니 황제가 말하기를,

"사람이 팔십을 사는 것은 드문 일이라 하니, 너무 슬퍼하지 마소서."

하고, 명릉 후원에 왕의 예로 안장하게 하니 심 황후는 삼 년 상복을 입

었다.

부원군이 젊어서 고생하던 일을 생각하면 무슨 여한이 있겠는가. 어화, 세상 사람들아, 예와 지금이 다를 것이다. 부귀영화 한다 하고 부디 사람 무시하지 말라. 기쁨이 다하면 슬픔이 오고, 괴로움이 다하면 즐거움이 온다는 이치는 누구에게나 해당되는 일이다. 그 후 심 황후의 어진 이름은 길이길이 전해졌다.

이야기 따라잡기

    황주 도화동에 심학규라는 봉사가 살고 있었다. 그는 우연히 눈이 멀어 장님이 되었으나, 본래 양반의 후손이라 행실이 청렴하고 정직하며 지조와 기개가 고상하여 모두 칭찬을 아끼지 않았다. 그의 아내 곽씨도 현명하였고 덕과 아름다움, 그리고 절개를 갖추고 있었으나, 집안이 몹시 가난하였으므로, 몸을 아끼지 않고 품팔이를 해야만 하였다. 평소 슬하에 자식이 없는 것을 한으로 여기다가 곽씨가 정성껏 치성을 드려서 딸을 얻었으나, 그만 산후의 탈을 얻어 세상을 뜨고 만다.

    그 후 심 봉사는 어린 딸 심청을 가슴에 안고 이 집 저 집 돌아다니며 동냥젖을 먹여 키운다. 이웃 아낙들의 동냥젖을 먹으며 자란 심청은 나이 예닐곱 살이 되었을 때부터 아버지를 대신하여 밥을 얻으러 다녔고, 몇 해 지나자 바느질과 길쌈으로 삵을 받아 아버지를 봉양하였다. 심청의 효행이 인근에 알려져 무릉촌에 사는 장 승상 부인이 양녀로 삼겠다고 하였으나, 심청은 혼자 지내실 아버지를 생각하고 거절한다.

    심청이 장 승상 댁에 간 사이, 홀로 앉아 딸 오기만 기다리던 심 봉사는 마중을 나가다가 발을 헛디뎌 개천에 빠지고 만다. 이때 몽운사의 화주승이 지나가다가 물에 빠진 심 봉사를 구해 주고, 부처님께 공양미 삼백 석을 바치면 눈을 뜰 수 있다는 말을 해 준다. 심 봉사는 눈을 뜰 수 있다는 기쁨에 선뜻 그렇게 하겠다고 약속을 해 버린다.

이 사실을 알게 된 심청은 쌀 삼백 석을 구할 방법을 모색한다. 마침 남경으로 가는 상인들이 인당수 바다에 제물을 바치기 위해 열다섯 살 된 소녀를 사러 다닌다는 말을 듣는다. 심청은 상인들에게 몸을 팔아 삼백 석을 마련하고, 아버지에게는 장 승상 부인의 수양딸이 되기로 하고 공양미 삼백 석을 받았다고 속인다.

드디어 남경 상인들과 약속한 날이 왔다. 심청이 팔려 간다는 소식을 들은 장 승상 부인이 쌀 삼백 석을 줄 테니 남경 상인들과의 약속을 취소하라고 하지만, 심청은 이것을 거절하고 약속을 지키겠다고 한다. 심청은 장 승상 부인과 눈물로 이별하고 뒤늦게 사실을 알고는 자기를 붙들고 통곡하는 아버지를 뒤로하고, 상인들을 따라 배를 타고 떠난다. 인당수에 이르러 상인들은 눈물로 제사를 지내고 심청은 바다에 몸을 던진다.

그러나 심청의 지극한 효성에 감동한 옥황상제가, 용왕에게 명하여 심청을 용궁으로 데리고 가서 보호하게 한다. 심청은 용왕의 수정궁에서 융숭한 대접을 받고 친어머니 곽씨 부인과도 상봉한다. 3년을 용궁에서 보낸 심청은 옥황상제의 명에 따라 연꽃 속에 들어가 물 위에 띄워진다.

그 무렵, 남경에서 큰 이익을 보고 돌아오던 상인들이 인당수에서 심청을 위한 제사를 지내다가 물 위에 떠 있는 연꽃을 발견하고 건져 낸

다. 연꽃을 보관하던 선주는 그것을 천자에게 바친다. 황후와 사별하고 쓸쓸한 마음을 정원의 꽃나무를 감상하는 것으로 달래던 천자는 선주가 바친 연꽃을 궁궐에 심어 두었는데, 천자의 꿈에 봉래산 선관이 나타나 하는 말이 심상치 않다. 잠이 깨어 연꽃을 살펴보니, 그 속에서 아름다운 낭자가 나오는데, 바로 심청이다. 천자는 심청을 황후로 삼는다.

황후가 된 심청은 세상에 부러울 것이 없게 되었으나, 눈먼 아버지 생각에 수시로 슬픔에 잠긴다. 천자가 그 사연을 알고 심청이 원하는 대로 맹인 잔치를 열어 모든 맹인들을 초대한다.

이때 심 봉사는 딸을 잃고 불우한 나날을 보내던 중, 남경 상인들이 심 봉사를 위해 마련해 준 재물을 노리고 들어앉은 뺑덕 어미와 함께 살게 된다. 뺑덕 어미는 재물이 다 떨어지면 도망갈 생각뿐이었다. 얼마 지나 심 봉사는 돈도 떨어지고 양식도 떨어져 다시 동냥을 다녀야 할 처지에 놓이게 된다. 그러자 심 봉사는 뺑덕 어미와 같이 다른 고장에 가서 살 생각으로 마을을 떠나려고 한다. 그때 황성에서 맹인 잔치가 열린다는 소문을 듣고, 심 봉사는 관청으로부터 노자를 받아 뺑덕 어미와 함께 황성으로 출발한다. 그러나 도중에 뺑덕 어미가 노자를 훔쳐 달아나는 바람에 하는 수 없이 걸식을 하면서 갖은 고생을 겪으며 간신히 황궁에 이른다.

어느덧 맹인 잔치는 막바지에 이르렀지만 심청 황후가 기다리는 아버지는 나타나지 않았다. 그런데 마지막 날에 심청은 명단에 들지 못해 우두커니 있는 한 맹인을 발견한다. 사연을 듣고 보니 틀림없는 아버지 심 봉사다. 심청이 "아버지!" 하고 부르는 소리에 깜짝 놀라 심 봉사는 순간 눈을 번쩍 뜨고, 다른 봉사들도 눈을 뜬다. 아버지와 딸은 서로 끌어안고 기쁨의 눈물을 흘린다. 이후 심청 황후는 아버지를 모시고 부귀영화를 누리고 나라도 태평성대를 맞는다.

쉽게 읽고 이해하기

판소리계 소설로서의 특징

「심청전」은 작가와 연대가 알려지지 않은 조선 시대의 소설이다. 이 작품은 민족 전래 설화를 바탕으로 하여 거기에 이야기가 덧붙여지거나 변형되어 판소리 사설의 소재가 되고, 그것이 고전소설로 변형된 것이다. 이와 같은 소설을 판소리계 소설이라고 하며, 가창(歌唱)하기에 알맞은 4·4조 중심의 운문체로 되어 있는 것이 특징이다. 이것은 후에 신소설로 이어지는데, 곧 이해조의 「강상련(江上蓮)」이다. 때문에 「심청전」의 장르는 각각 판소리와 소설이라는 이중적 성격을 지닌다.

그리고 이 작품은 성장기 문학(成長期文學) 또는 적층문학(積層文學)이라고 평가되고 있다. 창작 연대가 분명하고 작가의 개성적 의도에 따라 창작된 것이 아니라, 그 시기마다 이 작품에 관심을 가진 사람들이 지속적으로 개작하면서 계승해 온 작품이기 때문이다. 따라서 이 작품은 많은 이본(異本)을 가지고 있다.

심청의 희생이 지닌 의미

인간은 누구나 절대적이고 완벽한 행복을 바란다. 그러나 이러한 행복은 쉽게 얻어지는 것이 아니다. 거기에는 반드시 대가를 치러야 하며, 그 대가가 크면 클수록 나중에 보상받는 행복도 크다고 할 수 있다. 「심청전」의 심청도 작품 전반부에서는 불행과 그에 따른 희생이 점점 강조되다가 그 절정에 이르게 된다. 어머니가 일찍 돌아가시고 아버지는 봉사이고, 집은 가난하여 심청은 동냥을 해야 하는 최악의 상황으로 내몰린다. 그리고 마침내 인간으로서의 절대 희생인 '목숨을 바쳐 다른 사람을 구하는 죽음'을 맞이하게 된다.

여기서 심청의 죽음은 중요한 구실을 한다. 죽음은 곧 자기의 모든 것을 버리는 상황이지만, 반대로 자기가 버린 그 모든 것을 다시 얻게 되는 역설적 상황이기도 하다. 버린 만큼 보상이 뒤따르는 것, 이것이 바로 「심청전」이 지닌 윤리이다. 그것은 바로 '절대 희생만이 절대 행복을 약속받을 수 있다'는 역설의 논리와 통하는 것이다. 심청은 죽음이라는 자기 희생을 치렀기 때문에 자기를 다시 살릴 수 있었고 나아가 아버지의 눈을 뜨게 할 수 있었다. 그리고 심청은 황후의 지위에 올라 현명하게 왕을 내조함으로써 더 큰 공덕을 쌓는다.

심청이 아버지에게 효도하기 위해서 자신의 몸을 희생한 것은, 결코 남의 뜻이 아니다. 그것은 스스로의 판단으로, 자기 의지에 따라 결정한 것이다. 여기서 진정한 의미의 '효'가 드러난다. 그것이 만일 다른 사람에 의해 강제로 행동한 것이라면 참다운 효심이라고 할 수 없을 것이다.

심청이 진정한 효도를 실천했기 때문에 그에 대한 보상이 풍성하게 내려진다. 그 보상은 '가난'과 깊이 관련된다. 심청이 스스로 죽음을 택해야 했던 근본적인 이유는 가난 때문이다. 그렇기 때문에 그 보상은 가난으로부터의 해방으로 이루어진다. 심청이 부귀영화를 누리는 삶을 살게 되는 것은 그와 같은 맥락이라고 볼 수 있다.

영웅소설로서의 양상

심청이 출생 배경과 어머니의 죽음은 '영웅형 소설'의 기본 양상을 보여 주고 있다. 곽씨 부인이 태몽으로 선녀 꿈을 꾸고 심청을 낳았다는 것은 심청이 뛰어난 인물임을 암시하고 있다. 심청의 뛰어남은 그 효가 하늘을 감동시켰다는 사실과 연결되며, 실제로 소설이 전개됨에 따라 그에게 닥쳐 오는 온갖 역경을 극복해 나가는 데서 확인된다. 주인공의 탁월한 능력을 증명하기 위해서 작품은 기본적으로 주인공이 고난을 겪게 해야 한다. 심청이 어려서 어머니를 잃고, 아버지가 봉사이며, 집이 가난한 것은 작품이 주인공에게 부여하는 고난이라고 할 수 있다.

한국 문학을 읽는다

「운영전」은 남녀 간의 지고지순한 사랑을

노래한 고전소설로

유교적 신분의 제약을 극복하고

영원한 사랑을 꿈꾸지만 결국 죽음에 이르는

비극적 이야기를 다룬 몽유록이다.

운영전(雲英傳)

바다가 마르고 돌이 불에 타 버린들 우리들의 사랑은
사라지지 않을 것이요, 또 땅이 늙고 하늘이 거칠어진들
우리들의 원한은 지우기 어려울 것입니다.

등장인물

운영   안평대군의 궁녀 중 한 명. 뛰어난 문장 실력과 미모를 지녔다. 김 진사와의 금지된 사랑을 안평대군에게 들키자 자결한다.

김 진사   어린 나이에 문장과 학식을 겸비한 선비. 안평대군의 부름으로 수성궁에 갔다가 운영과 사랑에 빠진다. 운영이 자결하자 자신도 식음을 전폐하고 목숨을 끊는다.

유영   이 작품의 화자인 가난한 선비. 수성궁에 놀러 갔다 술에 취해 잠이 들고, 꿈속에서 운영과 김 진사를 만나 두 사람의 사랑 이야기를 듣는다.

안평대군   세종의 셋째 아들. 학문에 대한 열정이 있고 문사를 아끼는 인물로 궁녀 열 명에게 학문과 문장을 가르친다. 그러나 운영이 김 진사와 사랑에 빠진 것을 알고 분노한다.

자란   안평대군의 궁녀 중 한 명. 운영과 김 진사의 사랑을 도와주고, 안평대군에게 발각되자 목숨 걸고 운영을 변호한다.

특   김 진사의 종. 김 진사를 이용해 운영의 재산을 빼돌린다. 악행을 일삼다 결국 우물에 빠져 죽는다.

운영전

가난한 선비 유영, 홀로 수성궁의 경치를 감상하다

수성궁(壽聖宮)은 안평대군(安平大君, 세종대왕의 셋째 아들)의 옛집으로 장안성(長安城, 원래는 중국 장안의 수도. 여기서는 한양을 말함) 서쪽 인왕산 밑에 있었다. 산천이 수려하여 용이 서리고 호랑이가 웅크리고 있는 것 같았다. 사직(社稷, 사직단. 임금이 백성을 위하여 땅의 신과 곡식의 신에게 제사 지내던 제단)이 남쪽에 있고 경복궁이 동쪽에 있었다. 인왕산의 한 산맥이 굽이쳐 내려오다가 수성궁이 있는 곳에 이르러서는 높은 봉우리를 이루었다. 비록 험준하지는 아니하나, 올라가서 내려다보면 거리에 붙여져 있는 점포와 온 장안의 저택이 바둑판과 같고 하늘의 별과 같아서 역력히 헤아릴 수 있었다. 그 모양은 완연히 베틀의 실오라기가 갈라진 것과 같이 정연했다. 동쪽을 바라보면 궁궐이 아득하며 복도가 공중에 비껴 있고, 구름과 연기는 아침저녁으로 푸름을 더하여 한층 운치를 보여주고 있어서 가장 아름다운 곳이라고 말할 수 있었다. 당대의 주도(酒徒, 주당)

들은 몸소 가아(歌兒, 노래하는 아이)와 적동(笛童, 피리 부는 소년)을 동반하고 가서 놀았으며, 소인(騷人, 시인과 문사를 이르는 말)과 묵객(墨客, 글을 쓰거나 그림을 그리는 사람)들은 삼월 꽃 피는 시절과 구월 단풍이 익어 가는 시절에 그 위로 올라가서 놀지 아니하는 날이 없었고, 음풍영월(吟風詠月, 맑은 바람과 밝은 달을 보고 시를 짓고 흥취를 자아내 즐겁게 놂)하면서 즐기느라고 집으로 돌아가는 것조차 잊을 지경이었다.

청파사인(青坡士人) 유영(柳泳)은 이 동산의 아름다운 경치를 익히 듣고 있었다. 그도 한 번 가서 놀고 싶은 생각이 간절했다. 그러나 의상이 남루하고 얼굴빛이 파리하여 유객(遊客)의 조소를 살 것을 알고 가려다가 주저한 지가 오래되었다. 만력(萬曆, 중국 명나라 신종의 연호. 1573~1619) 신축(辛丑, 여기서는 1601년) 춘삼월 기망(既望, 음력으로 매달 열엿샛날)에야 탁주 한 병을 샀으나, 동복(童僕, 사내아이 종)도 없고 또한 친구나 아는 사람도 없었다. 몸소 술병을 차고 홀로 궁문으로 들어가 보니, 구경 온 사람들이 서로 돌아보고 손가락질하면서 웃지 않는 이가 없었다. 유생은 하도 부끄러워 몸둘 바를 몰라 바로 후원으로 들어갔다. 높은 데 올라가서 사방을 바라보니, 새로 병화(兵火, 전쟁으로 인한 화재. 여기서는 임진왜란)를 겪은 후라, 장안의 궁궐과 성안의 화려했던 집들은 탕연(蕩然, 공허)하였다. 무너진 담도 깨어진 기와도 묻힌 우물도 흙덩어리가 된 섬돌도 찾아볼 수 없었다. 풀과 나무만이 우거져 있었으며, 오직 동문 두어 칸만이 우뚝 홀로 남아 있을 뿐이었다.

유생은 천석(泉石, 물과 돌)이 있는 그윽하고도 깊숙한 서원(西園, 서쪽 정원)으로 들어갔다. 온갖 풀이 우거져서 그림자가 맑은 못에 떨어져 있었고, 땅 위에 가득히 떨어져 있는 꽃잎은 사람의 발자취가 이르지 아니하여 미풍이 불 때마다 향기가 코를 찔렀다. 유생은 바위 위에 앉아 소동파가 지은 '아상조원춘반로 만지낙화무인소(我上朝元春半老 滿地落花無人掃, 아침에 일어나 보니 봄은 거의 지나갔고, 지천에 널린 떨어진 꽃을 쓸어담는 사람 없네)'라는 시구를 읊었다. 문득 차고 있던 술병을 풀어서 다 마시고는 취하여 바윗가에 돌을 베개 삼아 누웠다.

유영이 운영과 김 진사를 만나다

잠시 후 술이 깨어 얼굴을 들어 살펴보니 유객은 다 흩어지고 없었다. 동산에는 달이 떠 있었고, 연기는 버들가지를 포근히 감쌌으며, 바람은 꽃잎을 어루만지고 있었다. 그때 한 가닥 부드러운 말소리가 바람을 타고 들려왔다. 유영은 이상히 여겨 일어나서 찾아가 보았다. 한 소년이 절세미인과 마주 앉아 있다가 유영이 오는 것을 보고 흔연히 일어나서 맞이하였다. 유영은 그 소년을 보고 물었다.

"수재(秀才, 미혼 남성을 높이는 말)는 누구인가? 낮을 택하지 않고 밤을 택해서 놀고 있구나."

소년은 빙긋 웃으며,

"옛사람이 말한 '경개여고(傾蓋如故, 처음 만나 잠깐 인사를 나눴을 뿐인데 마치 오랜 친구 같음)'란 말은 바로 우리를 두고 한 말이지요."

하고 대답했다.

그리하여 이들 세 사람은 같이 앉아서 이야기를 시작했다. 미인이 나지막한 소리로 아이를 부르니, 시녀 두 사람이 숲 속에서 나왔다. 미인은 그 아이들을 보고 이렇게 말했다.

"오늘 저녁에 우연히 옛 친구를 만났고, 또한 기약하지 않던 반가운 손님도 만났으니, 오늘 밤은 쓸쓸하게 헛되이 넘길 수가 없구나. 그러니 네가 가서 주찬(酒饌, 술과 안주)을 준비하고, 아울러 붓과 벼루도 가지고 오너라."

두 시녀는 명령을 받고 갔다가 잠시 후 돌아왔다. 표연히 왕래하는데 마치 나는 새와 같았다. 유리로 만든 술병과 술잔, 그리고 자하주(紫霞酒, 신선이 마시는 좋은 술)와 진기한 안주 등 모두 인간 세상의 것이 아니었다.

세 사람이 석 잔씩 마시고 나자, 미인이 새로운 노래를 불러 술을 권했다. 그 가사는 다음과 같았다.

> 깊고 깊은 궁 안에서 고운 님 이별하니
> 천연(하늘이 맺어 주어 저절로 정해져 있는 인연)은 미진한데 뵈올 길 바이 없네.
> 꽃 피는 봄날 애태우기 그 몇 번이뇨
> 밤마다의 상봉은 꿈이지 참은 아니었네.
> 지난 일은 허물어져 티끌이 되었어도
> 부질없이 나로 하여 눈물짓게 하누나.
> 重重深處別故人　天緣未盡見無因
> 幾番傷春繁花時　爲雲爲雨夢非眞
> 消盡往事成塵後　空使今人淚滿巾

노래를 마치고 나서 한숨을 쉬면서 흐느끼니 구슬 같은 눈물이 얼굴

을 덮었다. 유생이 이상히 여겨 일어나 절하고 말하기를,

"내 비록 양가(良家, 지체가 있는 좋은 집안)의 집에 태어난 몸은 아니오나, 일찍부터 문묵(文墨, 글을 짓거나 그림을 그리는 일)에 종사하여 조금 문필의 공을 알고 있소. 근데 그 가사를 들으니 격조가 맑고 뛰어나나 시상(詩想)이 슬프니 매우 이상하구려. 오늘 밤은 마침 월색(月色, 달빛)이 낮과 같고 청풍(淸風, 맑은 바람)이 솔솔 불어오니 이 좋은 밤을 즐길 만하거늘, 서로 마주 대하여 슬피 울고 있음은 무슨 일이오? 술잔을 더함에 따라 정의가 깊어졌어도 이름도 알지 못하고 회포도 풀지 못하고 있으니, 또한 의심하지 않을 수 없구려."

유영은 먼저 자기의 이름을 말하고 강요했다. 이에 소년은 대답했다.

"이름을 말하지 아니함은 어떠한 뜻이 있어 그러한 것인데, 당신이 구태여 알고자 하시니 가르쳐 드리는 것이 무엇이 어려울까마는 말을 하자면 깁니다."

그러고는 수심 띤 얼굴을 하고 있다가 이내 말하기를,

"저의 성은 김입니다. 나이 십 세에 시문(詩文)에 능하여 학당(學堂)에서 유명하였고, 나이 십사 세에 진사(進士) 제이과에 오르니, 일시에 모든 사람이 김 진사라고 부릅디다. 제가 어린 나이에 호협한 기상으로 마음이 호탕함을 능히 억누르지 못하고, 또한 이 여인으로 하여 부모의 유체(遺體, 부모가 남겨 준 몸. 자기의 몸을 뜻함)를 받들어 마침내 불효 자식이 되고 말았으니, 천지간에 한 죄인의 이름을 억지로 알아서 무엇하리요? 이 여인의 이름은 운영(雲英)이요, 저 두 여인의 이름은 하나는 녹주(綠珠)요, 하나는 송옥(宋玉)이라 하는데, 다 옛날 안평대군의 궁인이었습니다."

유생이 말하기를,

"말을 하다가 다하지 아니하면 처음부터 말하지 않는 것만 못하오. 안평대군의 성시(盛時, 세력이 한창일 때)의 일이며, 진사가 상심하시는 까닭을 자세히 들을 수 없겠소?"

하고 청했다. 진사가 운영을 돌아보면서 말했다.

"성상(星霜, 한 해 동안의 세월)이 여러 번 바뀌고 일월(日月, 세월)이 오래되었는데, 그때의 일을 그대는 능히 기억할 수 있겠소?"

운영이 대답하기를,

"심중에 쌓여 있는 원한을 어느 날인들 잊으리까? 제가 이야기해 볼 것이오니, 낭군님이 옆에 계시다가 빠지는 것이 있거든 보충하여 주옵소서."

하고는 이내 이야기를 시작했다.

안평대군, 열 명의 궁녀에게 글을 가르치다

세종대왕의 왕자 팔대군 중에서 안평대군이 가장 영특하셨어요. 그래서 상(上, 임금)께서 매우 사랑하사 무수한 전민(田民, 농민)과 재화를 상사(賞賜, 칭찬하여 상을 줌)하시니, 여러 대군 중에서 가장 나으셨답니다.

십삼 세 때에 사궁(私宮, 개인의 궁)에 나와서 거처하시며 궁명을 수성궁이라 하였습니다. 스스로 유업(儒業, 공자의 사상을 따르는 학파의 학업)에 힘써 밤에는 독서하고, 낮에는 시를 읊거나 글씨를 쓰면서 일각이라도 방과(放過, 그대로 지나침)하지 아니하셨습니다. 그때의 문인 재사들이 다 그 문하에서 그 장단을 비교했고 혹 새벽에 닭이 울어도 그치지 않고 강론(講論, 강의하고 논함)하였습니다. 대군은 특히 필법(筆法, 글씨나 문장)이 뛰어나 일국에 이름이 알려졌죠. 문종대왕이 아직 세자로 계실 적에 매양 집현전의 여러 학사와 같이 안평대군의 필법을 논하시기를,

"내 아우가 만일 중국에서 태어났더라면, 비록 왕희지(王羲之, 307~365, 중국 진나라의 명필가)에게는 미치지 못하더라도 어찌 조맹부(趙孟頫, 1254~1322, 중국 원나라의 화가이자 서예가, 문인)의 뒤에 가겠는가!"

하시며 칭찬하시기를 마지 아니하셨습니다.

하루는 대군이 첩들에게 말씀하시기를,

"천하의 모든 재사(才士, 재주가 뛰어난 사람)는 반드시 안정한 곳에 나아가서 갈고 닦은 후에야 학문을 이룰 수 있는 법이니라. 도성 문밖은 산천이 고요하고 인가에서 좀 떨어졌으니 업을 닦으면 대성할 수 있을 것이다."

그러고는 곧 그 위에다 정사(精舍, 학문을 가르치거나 정신을 수양하는 곳) 십수 간을 짓고 당명을 '비해당(匪懈堂)'이라 하였습니다. 또한 그 옆에다 단을 구축하고 '맹시단(盟詩壇)'이라 하였으니, 다 명을 고려하고 의(義)를 생각하신 뜻이었지요.

그때의 문장과 거필(鉅筆, 존귀한 문필가)들이 그 단상에 다 모였으니, 문장에는 성삼문(成三問, 1418~1456, 세종 때의 문신. 사육신의 한 사람)이 으뜸이었고, 필법에는 최흥효(崔興孝, ?~?, 고려 말 조선 초의 서예가. 안평대군과 함께 명필로 유명했음)가 으뜸이었습니다. 비록 그러하오나 다 대군의 재주에는 미치지 못하였지요.

하루는 대군이 술에 취하여서 궁녀에게 말씀하셨습니다.

"하늘이 재주를 내리심에 있어서, 어찌 남자에게만 풍부하게 하고 여자에게는 적게 하셨겠느냐? 지금 세상에 문장으로 자처하는 사람이 많지만 다 능히 상대할 수는 없다. 아직 특출한 사람이 없으니, 너희들도 또한 힘써서 공부하여라."

그러고는 궁녀 중에서 나이가 어리고 얼굴이 아름다운 열 명을 선택하여 가르치셨습니다. 먼저『언해소학(諺解小學)』을 가르쳐서 암송시킨 후에『중용』『대학』『맹자』『시경』『서경』『통감』『송서』등을 다 가르치시고, 또 이백과 두보, 당음(唐音) 수백 수를 뽑아 가르치시니, 5년 안에 과연 모두 이루었지요.

대군은 바깥에서 돌아오시면 저희들로 하여금 대군의 눈앞에서 떠나지 못하게 하시고 지은 시를 고쳐 주시며, 그 높고 낮음에 따라 상벌을 밝히 하여 권장하시니, 그 탁월한 기상은 비록 대군에게는 미치지 못하였지만, 음률의 청아함과 구법(句法, 시나 글의 구절을 만들거나 배열하는 방법)의 완숙함은 또한 성당(盛唐, 당나라 시가 가장 융성했던 시기) 시인의 울타리를 엿볼 수 있었습니다. 열 명의 이름은 곧 소옥(小玉)·부용(芙蓉)·비경(飛瓊)·비취(翡翠)·옥녀(玉女)·금련(金蓮)·은섬(銀蟾)·자란(紫鸞)·보련(寶蓮)·운영(雲英)이니, 운영은 바로 첩입니다.

대군은 모두 몹시 사랑하시어 항상 궁내에 있게 하시고 바깥사람과는 더불어 이야기도 못 하게 하셨답니다. 날마다 문사들과 함께 술을 마시면서 예술을 다투셨지만, 아직 한 번도 첩들을 그들과 가까이하지 못하게 하셨음은 바깥사람들이 혹 알까 두려워하셨기 때문이지요. 그래서 항상 영(令, 명령)을 내리셨습니다.

"시녀로서 한 번이라도 궁문을 나가는 일이 있으면 즉시 그 죄는 죽음에 당할 것이요, 또 바깥사람이 궁녀의 이름을 안다면 그 죄도 또한 죽음을 면하지 못할 것이다."

안평대군이 궁녀들에게 시를 짓게 하다

하루는 대군이 바깥에서 돌아와 저희들을 불러 놓고 말씀하셨습니다.

"오늘 문사 누구누구와 함께 술을 마시고 있는데, 상서로운 푸른 연기가 있어, 궁중의 나무로부터 일어나 혹은 성첩(城堞, 성 위에 낮게 쌓은 담)을 에워싸고 혹은 산기슭을 날고 있었다. 내가 오언 일절(한 구가 다섯 글자로 된 시 중 첫 번째 줄)을 먼저 읊고 나서 앉아 있던 객으로 하여금 차운(次韻, 남이 지은 시의 운자를 따서 시를 지음)하라 하였으나 하나도 마음에 드는 것이 없었다. 너희들은 나이순대로 각각 지어 올려라."

그래서 먼저 소옥이 지어 올렸습니다.

> 푸른 연기는 가늘기가 비단 같은데
> 바람 따라 문으로 들어오네.
> 짙어지는 듯 옅어지니
> 황혼이 다가옴도 미처 몰랐네.
> 綠烟細如織 隨風伴入門
> 依微深復淺 不覺近黃昏

부용이 다음으로 지어 올렸습니다.

하늘로 날아올라 비를 몰아오니
땅으로 떨어졌다 다시 구름 되네.
저녁이 다가오니 산빛은 어두운데
깊은 생각은 초군을 그린다네.
飛空遙帶雨 落地復爲雲
近夕山光暗 幽思尙楚君

비취가 지어 올렸습니다.

꽃이 시드니 벌은 기운을 잃고
대밭이 울밀하니 새는 보금자릴 찾지 못하네.
황혼에 부슬비 내리니
창밖에 빗방울 떨어지는 소리를 듣노라.
覆花蜂失勢 籠竹鳥迷巢
黃昏成小雨 窓外聽蕭蕭

비경이 지어 올렸습니다.

작은 은행나무 우거지기 어려운데
홀로 선 대숲은 저마다 푸르구나.
가벼운 그늘은 잠시 무거울 뿐
해가 지면 또다시 황혼이 오네.
小杏難成眼 孤篁獨保靑
輕陰暫見重 日暮又昏冥

옥녀가 지어 올렸습니다.

　해를 가린 얇은 깁은 가늘기도 한데
　산에 비낀 띠는 길기도 하네.
　불어오는 미풍에 점점 흩어지니
　남은 것은 촉촉한 작은 연못뿐이어라.
　蔽日輕紈細　橫山翠帶長
　微風吹漸散　猶濕小池塘

금련이 지어 올렸습니다.

　산 밑에 가득한 연기 쌓이고 쌓여
　궁전의 나뭇가지를 비껴 흐르누나.
　부는 바람에 가누지를 못하는데
　저녁 햇빛은 푸른 하늘에 가득하구나.
　山下寒烟積　橫飛宮樹邊
　風吹自不定　斜日滿蒼天

은섬이 지어 올렸습니다.

　산골짜기엔 검은 그늘 일어나고
　못가에는 푸른 그림자 흐르는구나.
　날아서 돌아가니 찾을 길 바이 없고
　연잎에 구슬 같은 이슬만이 남아 있구나.
　山谷繁陰起　池臺綠影流
　飛歸無處覓　荷葉露珠留

자란이 지어 올렸습니다.

이른 아침 동문은 아직 어두운데
연기 비껴 높은 나무 낮아 보이네.
깜짝하는 사이에 홀연 날아올라
서쪽 산 앞 내로 가 버리는구나.
早向洞門暗　橫連高樹低
順臾忽飛去　西岳與前溪

또 첩이 지어 올렸습니다.

저 멀리 보이는 푸른 연기 가느니,
미인은 깁 짜기를 멈추네.
바람을 맞으며 홀로 슬퍼하더니
날아가 무산에 떨어지네.
望遠靑烟細　佳人罷織紈
臨風獨惆悵　飛去落巫山

보련이 지어 올렸습니다.

골짜기는 봄 그늘에 덮여 있고
장안은 물 기운에 싸여 있네.
능히 인간 세상을 명하니
홀연 취주궁이 되었구나.
短壑春陰裡　長安水氣中
能令人世上　忽作翠珠宮

대군이 꿰뚫어 보시고 나서 크게 놀라 말씀하셨어요.

"비록 만당(晚唐, 당나라의 마지막 시기)의 시에 비교하더라도 또한 백중(伯仲, 재주나 실력이 서로 비슷함)에 가하며 근보(謹甫, 성삼문) 이하는 채찍도 잡지 못할 것이라."

그러고는 재삼 음미하셨습니다. 그 고하(高下, 높고 낮음)를 알지 못하시더니 얼마 후에야 말씀하셨습니다.

"부용의 시는 초군을 생각하고 그리워하여 내 매우 가상히 여기는 바이며, 비취의 시는 전의 소아(騷雅, 『시경』의 편명)와 비할 만하고, 옥녀의 시는 의사가 표일(飄逸, 성품 등이 뛰어나게 훌륭함)하고 마지막 구에는 은은한 여의(餘意, 말끝에 함축되어 있는 속뜻)가 있으니, 이 두 시를 마땅히 으뜸을 삼아야 하겠다."

하고는 또 말씀하셨습니다.

"내가 처음 볼 때에는 우열을 판단할 수 없다가 다시 음미하여 생각해 보니, 자란의 시는 의사가 깊고 깊어 사람으로 하여금 찬탄하다가 춤을 추게 하는 것도 깨닫지 못하게 하는 바가 있고, 남은 시도 또한 다 청아하여 좋으나 홀로 운영의 시만이 뚜렷하게 외로이 사람을 그리워하고 있는 뜻이 있구나. 어떠한 사람을 생각하고 있는지 알 수 없어서 마땅히 심문을 하여야 하겠지만, 그 재주를 애석히 여기기에 잠시 그냥 두겠노라."

저는 즉시 뜰에 내려가 엎드려 울면서 대답하였습니다.

"제가 글을 지을 때에 우연히 발한 것이오니, 어찌 다른 뜻이 있겠사옵니까! 이제 대군께 의심을 샀으니 첩은 만 번 죽어도 애석하지 않사옵니다."

대군은 앉기를 명령하시면서 말씀하시기를,

"시는 성정(性情, 타고난 본성)에서 나오는 것이므로 가리거나 숨길 수 없는 것이니, 너는 다시는 말하지 마라."
하시고는 곧 비단 열 필을 내어 다섯 명에게 주셨어요.

대군은 첩에게 한 번도 뜻을 둔 일이 없었으나 궁인들은 모두 대군의 뜻이 저에게 있는 줄로 알고 있었지요.

열 명은 다 동쪽 방으로 물러나와 촛불을 높이 켜 놓고 칠보(七寶, 금속 바탕에 갖가지 유리질의 유약을 녹여 붙여서 무늬를 나타내는 공예) 서안(書案, 책상)에다 『당률(唐律)』(당시 중 율시 선집) 한 권을 갖다 놓고 옛날 궁녀들이 지은 시의 고하를 논하였습니다. 그러나 첩만이 홀로 병풍에 기대어 수심에 잠긴 채 말을 하지 않으니, 진흙으로 만든 사람과 같았습니다. 소옥이 첩을 돌아보면서 말했습니다.

"낮에 부연시(賦烟詩, 연기를 소재로 지은 시)를 지을 때 주군(主君, 주인. 여기서는 안평대군)의 의심을 사고서 숨은 근심이 되어 말하지 않느냐? 그렇지 않으면 주군의 뜻이 비단 이불 속에 있으므로 그 이불 속의 즐거움을 당하여 가만히 기뻐하느라고 말하지 않느냐? 너의 마음속에 품고 있는 바를 도무지 알 수 없구나."

첩이 얼굴을 숨기며 대답하였습니다.

"넌 어찌 나의 마음을 모르니? 내가 방금 시 한 수를 생각하다가 마땅한 기구(奇句, 기발한 구절)를 찾지 못해 곰곰 생각하느라 말하지 못했을 뿐이야."

은섬이 말했습니다.

"뜻이 다른 데 가 있고 마음이 있지 않기 때문에 옆 사람의 말을 바람이 귀를 스쳐가듯이 하는구나. 네가 말하지 않음은 알기가 어렵지 않다. 내가 시험해 볼 것이야."

그러고는 바로 창밖의 포도를 시제(詩題, 시의 제목이나 제재)로 하여 칠언사운(七言四韻, 한 줄에 일곱 자로 이루어진 시로 네 개의 각운이 있음)을 지어 보라고 재촉하기에, 저는 말이 떨어지자마자 바로 응하였으니, 그 시는 다음과 같습니다.

> 구불구불 덩굴은 용이 움직이는 듯하고
> 비취색 잎 그늘을 이뤄 홀연히 정아 있구나.
> 더운 날의 위엄은 능히 환하게 비치니
> 맑은 하늘 찬 그림자 도리어 밝아라.
> 덩굴은 뻗어 난간을 감으니 뜻이 머무른 듯하고
> 열매 맺어 구슬인 양 드리우니 정성을 본받는구나.
> 만약 다른 때를 기다리면 변화를 받으리니
> 비구름을 몰아 타고 삼청궁을 오르리라.
> 蜿蜒藤草似龍行　翠葉成陰忽有情
> 署日嚴威能徹照　晴天寒影反虛明
> 抽絲攀檻如留意　結果垂珠欲效誠
> 若待他時應變化　會乘雨雲上三淸

소옥이 시를 보고는 절하고 일어나 말했습니다.

"정말로 천하의 기재(奇才, 기발한 재능)로구나. 풍격이 높지 아니함은 비록 구조(舊調, 옛날의 음조)와 같은 바가 있으나 창졸간에 이와 같이 지어 냈으니, 이것이 시인으로서는 가장 어려운 바이다. 내 마음으로 기뻐하고 정성으로 복종함은 정말로 열일곱 명의 제자가 공자에게 복종하는 것과 같다."

자란이 말했습니다.

"말은 삼가야 하는데, 어찌 그렇듯이 지나친 칭찬을 하느냐? 다만 문자가 완곡하고 또한 비등한 태(態, 태도)가 있다면 그러한 것은 있구나."

하니 앉아 있던 모든 사람이 다,

"정확한 평이다."

하더이다. 첩이 비록 이 시로써 모든 것을 해결했으나 그래도 의심이 다 풀리기에는 미진한 것 같았습니다.

이튿날 문밖에서 요란한 마차 소리가 들리더니, 문지기가 달려 들어와서 고하기를,

"여러 손님이 오셨습니다."

하므로, 대군께서 동각을 청소하게 하시고 맞아들이시니 다 문인과 재사였습니다. 자리를 정하고 나니 대군께서 저희들이 지은 부연시를 내보이시니, 좌중이 모두 크게 놀라 말했습니다.

"뜻밖에 오늘 성당의 음조를 다시 보는 것 같습니다. 우리로서는 견줄 바가 못 됩니다. 이와 같은 지보(至寶, 소중한 보배, 보물)를 어떻게 얻으셨습니까?"

대군은 미소를 지으면서 말씀하셨습니다.

"무엇이 그러하오? 동복 녀석이 우연히 길에서 주워 가지고 왔으므로 어떤 사람이 지었는지 알 수 없거니와, 생각하건대 필시 여염집 재주 있

는 여인의 손에서 나왔을 것이오."

여러 사람이 의심을 풀지 못하고 있는데, 조금 있다가 성삼문이 말했습니다.

"재주를 다른 시대에서 빌린 것이 아니오. 전조(前朝)로부터 지금에 이르기까지 백여 년 동안 시로써 동국(東國, '우리나라'를 달리 이르던 말)에 이름을 날린 자는 그 수를 헤아릴 수 없습니다. 그러나 혹은 흐리고 막혀 아름답지 못하고 혹은 가볍고 맑으나 둥둥 떠 성급하니 모두 음률에 맞지 않고 성정을 잃었습니다. 이제 이 시를 보니 풍격이 맑고 참되며 뜻을 생각함이 초월하여 조금도 진세(塵世, 티끌 세상. 이승을 말함)의 태가 없습니다. 이 시는 반드시 심궁(深宮, 궁의 깊숙한 곳)에 있는 사람이 속인과 서로 접하지 아니하고, 다만 고인의 시를 읽고 밤낮으로 읊고 외워서 스스로 마음에 체득(體得)한 것입니다. 그 뜻을 자세히 음미해 보면 말하기를 '임풍독추창(臨風獨惆悵)'이라고 한 구절은 사람을 생각하는 뜻이 있고, 말하기를 '고황독보청(孤篁獨保靑)'이라고 한 구절은 정절을 지키는 뜻이 있고, 또 말하기를 '풍취자부정(風吹自不定)'이라고 한 구절은 보전하기 어려운 태도가 있고, 또 말하기를 '유사향초군(幽思向楚君)'이라 한 구절은 군왕을 향한 정성이 있고, '하엽로주류(荷葉露珠留)'와 '서악여전계(西岳與前溪)'라고 한 구절은 천상의 신선이 아니면 이와 같은 형용을 얻을 수 없을 것입니다. 격조에는 비록 높낮이가 있으나 닦은 기상은 좋은 향기가 나니 대략 모두 같습니다. 궁중의 인물로, 반드시 열 명의 여선(女仙, 여자 신선)을 기르고 있을 것이니, 원하건대 숨기지 마시고 한 번 보여 주옵소서."

대군은 마음속으로는 스스로 탄복하면서도 겉으로는 고개를 끄덕이지 아니하고 말씀하셨습니다.

"누가 근보더러 시 감상을 말하라고 하였는가. 나의 궁중에 어찌 그러한 사람이 있으리오! 의심이 심하군."

이때 열 명은 창틈으로 몰래 엿듣고는 즐거워하고 탄복하지 않는 사람이 없었지요.

그날 밤 자란이 지성으로 저에게 물었습니다.

"여자로 태어나서 시집가고자 하는 마음은 누구나 가지고 있단다. 네가 생각하고 있는 정인이 어떠한 사람인지는 나는 알지 못한다. 하지만 너의 안색이 날로 수척해 점점 예전과 같지 않으니 내 지성으로 물으니 조금도 숨기지 말고 이야기해 줘."

저는 일어나 사죄하며 말했습니다.

"궁인이 하도 많아 다른 사람이 엿들을까 무서워 감히 말을 못했거니와, 이제 지극한 우정으로 묻는데 어찌 감히 숨길 수 있겠니?"

안평대군이 김 진사를 수성궁으로 불러들이다

지난해 가을 노란 국화꽃이 피기 시작하고 단풍이 점점 떨어지기 시작할 때, 대군이 서당에 홀로 앉아 시녀를 시켜 먹을 갈고 비단을 펴게 하고서 칠언 사운 열 수를 쓰시고 계셨어. 이때 소동(小童, 심부름하는 어린 아이)이 밖에서 들어오며 말하기를,

"나이 어린 선비가 김 진사라 자칭하면서 뵈옵기를 간청하옵니다."

대군은 기뻐하시며 말씀하시기를,

"김 진사가 왔구나."

하시고는 맞아들이셨어. 베옷을 입고 가죽띠를 띤 선비가 빠른 걸음으로 상단에 오르는데, 그 모습은 마치 새가 날개를 펴는 것과 같더구나. 자리에 와서 절을 하고 앉는데, 얼굴과 거동은 신처럼 빼어나고, 마치 신선 같았어. 대군이 한 번 보고 마음을 기울이시며, 곧 자리를 옮겨 마주 앉으시니, 진사가 자리를 피하며 절하고 사죄하며 말하기를,

"외람되게 많은 사랑을 입고 여러 번 존명(尊名, 다른 사람의 이름을 높여 이르는 말)을 욕되게 하고 있다가 이제야 인사를 올리게 되오니 황송하기 이루 말할 수 없사옵니다."

하더구나. 대군이 위로하여 말씀하시기를,

"오래전부터 명성을 우러러 듣고 있다가 앉아서 인사를 받게 되니, 빛이 온 집 안에 가득하고 나에게 많은 보배를 주었소."

하시더구나.

진사가 처음 들어올 때에 이미 우리와 상면(相面, 서로 얼굴을 대면함)하였으나, 대군은 진사의 나이가 어리므로 마음속으로 어렵게 여기지 아니하시고 우리로 하여금 피하도록 하지 아니하셨지. 대군이 진사를 보고 말씀하시기를,

"가을 경치가 매우 좋으니, 원컨대 시 한 수를 지어 이 집으로 하여금 광채가 나도록 하여 주오."

하시니, 진사가 자리를 피하고 사양하며 말했지.

"헛된 이름이 사실을 어둡게 하니, 시의 격률(格律)을 소자가 감히 알

겠습니까?"

대군은 금련으로 노래를 부르게 하고, 부용으로 거문고를 타게 하고, 보련으로 단소를 불게 하고, 나에게는 벼루를 받들게 하셨어. 그때 내 나이는 십칠 세였는데, 낭군을 한 번 보니 정신이 어지러워지고 가슴이 울렁거렸어. 진사님도 또한 나를 돌아보면서 웃음을 머금고 자주 눈여겨보시더라. 대군이 진사보고 말씀하시기를,

"나는 그대를 진심으로 기다렸노라. 그러한데 그대는 어찌하여 구슬 같이 고운 목소리를 한 번 토하기를 아껴서 이 집으로 하여금 안색이 없게 하느뇨?"

하니, 이에 진사님이 붓을 잡고 오언 사운 한 수를 쓰는데, 그 시는 이러하더라.

> 기러기 남을 향해 나니
> 궁 안에 가을빛이 깊구나.
> 물이 차 연꽃은 구슬 되어 꺾이고
> 서리 무거워 국화는 금빛을 드리우네.
> 비단 자리에는 얼굴이 붉은 미녀요
> 옥 같은 거문고 줄엔 백설 같은 소리네.
> 유하주 한 말 술에
> 먼저 취하여 몸을 가누기 어려워라.
> 旅雁向南去　宮中秋色沈
> 水寒荷折玉　霜重菊垂金
> 綺席紅顔女　瑤絃白雪音
> 流霞一斗酒　先醉意難禁

대군이 재삼 음미하며 놀라 말씀하셨다.

"진실로 천하의 기재로구나. 어찌 만나는 것이 이리 늦었던고!"

시녀 열 명도 일시에 서로 돌아보면서 얼굴빛이 변하여 말했지.

"이는 반드시 선인이 학을 타고 진세에 오신 것이니 어찌 이와 같은 사람이 있으리오!"

대군이 잔을 잡으면서 묻기를,

"옛 시인 중에서 누가 종장(宗匠, 경학에 밝고 글을 잘 짓는 사람)이 되겠느뇨?"

진사가 말하기를,

"소자의 견해를 말하자면 이백은 천상의 신선으로 오래도록 옥황상제의 향안 앞에 있다가 현포(玄圃, 중국 곤륜산 위에 신선이 사는 곳)에 내려와 놀면서 옥액(玉液, 마시면 오래 산다는 선약)을 다 마시고 취흥을 이기지 못하여 아름다운 꽃과 나무를 가득 꺾고 바람을 따라 비를 맞으면서 인간에 떨어진 기상이옵니다. 노왕(盧王, 당나라의 시인 노조린[盧照隣]과 왕발[王勃]은 해상선인(海上仙人, 바다 위에 노니는 신선)이니 일월이 출몰함과 구름이 변화함과 창파가 동요함과 고래가 분출함과 도서(島嶼, 섬)가 창망함과 풀과 나무가 울밀함과 꽃과 마름의 잎이 파도침과 물새의 노래와 교룡(蛟龍, 상상 속의 동물)의 눈물 등을 전부 가슴에 품고 있으니, 이것이 시의 조화입니다. 맹호연(孟浩然, 당나라 시인)은 음향이 가장 높으니 이것은 사광(師曠, 진나라 음악가)에게 배워 음률을 습득한 사람이옵니다. 또 이의산(李義山, 당나라 시인 이상은[李商隱])은 신선의 기술을 배우고 익혀 일찍부터 시의 마술을 부렸으며, 일생에 지은 글이 귀신의 언어가 아님이 없사옵니다. 이외에도 다 자기의 특색이 분분하니, 어찌 다 말씀드리겠나이까."

대군이 말씀하시기를,

"날로 문사(文士)와 함께 시를 논하는데, 두보를 으뜸을 삼는 이가 많거니와 이렇게 말함은 무엇 때문인가?"

진사가 대답하길,

"당연합니다. 유학을 잇는 자들이 숭상하는 바로써 말씀드릴 것 같으면 칭찬으로 사람의 입을 즐겁게 하는 것과 같습니다. 자미(子美, 두보)의 시는 진실로 칭찬할 만합니다."

대군이 말씀하시기를,

"백체(百體, 몸의 모든 곳)가 구비하고 비흥(比興, 흥이 나고 재미있음)이 지극한데, 어찌 두보를 가볍게 보는고?"

진사가 사죄하며 말하기를,

"소자가 어찌 감히 그를 가볍게 보겠습니까? 그것을 길게 논할 것 같으면 곧 한무제가 미앙궁(未央宮)에서 다스리시며 여름에 사방 오랑캐가 미쳐 날뛰는 것을 통분히 여기시고서 장수에게 명하여 가볍게 치시니, 백만의 용맹한 군사들이 수천 리를 이은 것과 같으며, 그것을 짧게 말할 것 같으면 한나라의 사마상여가 「장양부」를 읊고 사마천이 「봉선문」을 초한 것과 같습니다. 그 신산(神山)을 구하니, 즉 동방삭이 좌우에 모시고 서왕모가 상제에게 천도를 올리는 것과 같습니다. 이것이 두보의 문장이요, 백체를 구비하였다고 말하는 것입니다. 이백에 비교한다면 곧 하늘뿐 아니라 땅도 취하지 아니함이 없고, 강과 바다가 같지 않음과 같습니다. 또 왕맹(왕유와 맹호연)에 비한다면 자미가 말을 몰아 앞서 가고,

왕맹이 채찍을 잡고 길을 다투는 것과 같습니다."

대군이 말씀하시기를,

"그대의 말을 들으니 가슴속이 시원하여 긴 바람을 타고 태청궁(太淸宮, 도교의 사원, 또는 신선이 산다는 궁전)에 올라가는 것과 같구나. 다만 두보의 시는 천하의 고문이라 비록 악부(樂府, 한시 형식의 하나)에는 족하지 않지만, 어찌 왕맹과 같이 길을 다투겠는가? 비록 그러하나 이만 그치고, 원컨대 그대는 또 한 편의 시를 지어 이 집으로 하여금 한 번 더 광채가 빛나게 하여 주오."

진사가 곧 칠언 사운 한 수를 읊으니 그 시는 다음과 같았지.

> 연기 흩어진 금빛 못에는 이슬 기운 차디찬데
> 푸른 하늘 물결인 양 맑고 밤은 어이 그리 기뇨.
> 미풍은 뜻이 있어 주렴을 걷고
> 흰 달은 정이 많아 작은 방에 들어오네.
> 밤 뜰에 그늘지니 소나무 그림자 일고
> 잔 속의 아름다운 물결 국화꽃 향기 떠도네.
> 원공이 비록 몸은 작으나 자못 잘도 마셨으니
> 항아리 의심 마오, 술로 취한 후 미친 것이니.
> 烟散金塘露氣凉　碧天如水夜何長
> 微風有意吹垂箔　白月多情入小堂
> 夜畔隱開松反影　盃中波好菊留香
> 院公雖小頗能飮　莫怪瓮間醉後狂

대군은 더욱 기특하게 여기시고 앞으로 다가앉으시면서 진사의 손을 잡고 말씀하셨어.

"진사는 이 세상의 재사가 아니요, 나로서는 그 고하를 논할 수가 없소. 문장과 필법을 능가할 자가 없을 뿐만 아니라, 또한 신묘함을 다하였으니, 하늘이 그대를 동방에 태어나게 함은 반드시 우연한 일이 아니오."

또 초서(草書, 서체의 하나. 필획을 가장 흘려 쓴 서체로서 획의 생략과 연결이 심함)를 시키니, 진사가 붓을 휘날릴 때 먹물이 내 손가락에 잘못 떨어지니, 마치 파리의 날개와 같더구나. 내가 이를 영광스럽게 여기고서 씻어 버리지 않았더니, 좌우의 궁인들이 모두 바라보고 미소를 지으며 등용문(登龍門, 어려운 관문을 통과하여 크게 출세하게 됨. 또는 그 관문을 이르는 말. 잉어가 중국 황허 상류의 급류인 용문을 오르면 용이 된다는 전설에서 유래함)에 비교하였지.

운영과 김 진사는 사랑에 빠졌으나 연락할 방법이 없다

때가 깊어져 밤이 되니 서로 다시 헤어져야 함을 재촉하거늘, 대군이 하품을 하며 졸면서 말씀하시더라.

"내가 취했도다. 그대도 물러가 쉬도록 하되, '명조유의포금래(明朝有意抱琴來)'라는 시구를 잊지 마라."

이튿날 대군은 재삼 그 두 수의 시를 읊고 탄복하며 말씀하시기를,

"마땅히 근보와 더불어 자웅(雌雄, 승부, 우열, 강약 따위를 비유적으로 이르는 말)을 다툴 수 있으나, 그 청아한 시태(詩態, 시의 태도)에 있어서는 더 나으니라."

하시지 않겠니. 나는 이로부터 누워도 능히 자지를 못하고 밥맛은 떨어지고 마음이 괴로워서 허리띠를 푸는 것조차 깨닫지 못했는데, 너는 깨닫지 못하였느냐?

자란은,

"내가 잊었었구나. 이제 너의 말을 들으니 마치 술 깬 것과 같구나."

하더이다.

그 후로 대군은 자주 진사와 접촉하셨으나 저희들은 서로 보지 못하게 하신 까닭으로 저는 매양 문틈으로 엿보다가 하루는 장문의 편지에 오언 사운 한 수를 썼으니 다음과 같습니다.

> 베옷 입고 가죽띠를 두른 선비여
> 옥 같이 고운 용모는 신선과 같구나.
> 매양 주렴 사이로 바라보건만
> 어찌하여 월하의 인연은 없는고.
> 얼굴을 씻으니 눈물은 물줄기가 되고
> 거문고를 타니 한은 줄이 되어 우네.
> 한없이 쌓이는 가슴속의 원망을
> 홀로 머리를 들어 하늘에 하소연하네.
> 布衣革帶士　玉貌如神仙
> 每從簾間望　何無月下緣
> 洗顔淚作水　彈琴恨鳴絃
> 無限胸中怨　擡頭欲訴天

시와 금전(金鈿, 금비녀) 한 쌍을 함께 속에 넣고 겹겹이 봉해 가지고 진사에게 부치고자 하였으나 방법이 없었어요.

그날 밤 대군이 술잔치를 베풀었는데, 손님들은 모두 진사의 재주를 칭찬했습니다. 대군이 진사가 지은 두 수의 시를 내보이니, 돌려 보고는 칭찬하기를 그치지 않으며 모두 한 번 보기를 원했습니다. 대군은 즉시 사람과 말을 보내어 그를 청하였습니다. 얼마 후 진사가 와서 자리에 앉는데, 얼굴은 파리해지고 풍채는 홀쭉해져서 옛날의 기상이 아니었습니다. 대군은 위로하여 말씀하시길,

"진사는 근심하는 마음이 없을 것인데, 못가를 거닐면서 시를 읊노라고 파리해졌는가?"

하고 말씀하시니, 모든 사람들이 크게 웃었습니다. 진사가 일어나서 사죄하며 말하기를,

"제가 한 천한 유생으로서 외람히도 대군께 사랑을 받고 복이 지나쳐 화를 낳았습니다. 질병이 몸을 얽어서 식음을 전폐하고 기거(起居, 몸을 뜻대로 움직이며 생활함)를 남에게 의지하고 있다가 이제 후하신 부름을 입고 아픈 몸을 이끌고 와서 뵙는 것입니다."

그러자 좌객이 모두 무릎을 꿇고 예를 표했습니다. 진사가 나이 어린 유생으로서 말석에 앉으니 안으로 더불어 다만 벽 하나를 두고 떨어져 있었습니다. 밤은 벌써 깊어졌고 여러 손님들은 크게 취하였습니다. 첩이 벽에 구멍을 내어서 들여다보았더니, 진사도 또한 그 뜻을 알고서 구석을 향하여 앉더군요. 첩이 봉서(封書, 편지)를 구멍으로 던져 주었더니, 진사가 주워 가지고 집으로 돌아가서 뜯어 보고는 스스로 슬픔을 이기지 못하여 끝내 손에서 놓지를 못했습니다. 생각하고 그리워하는 마음

은 옛날보다 배가 되었으며, 능히 스스로 몸을 가누지 못하는 것 같았습니다. 바로 답서를 보내고자 하나 청조(靑鳥, 파랑새. 반가운 편지나 소식을 전해주는 사람을 의미함)가 없어 홀로 근심하고 탄식할 뿐이었습니다.

김 진사가 무녀를 통해 운영에게 편지를 보내다

동문 밖에 사는 한 무녀가 영이(靈異, 신령스럽고 이상함)함으로써 명성을 얻어 대군의 궁에 드나들면서 매우 사랑과 신뢰를 받고 있다는 소문을 듣고 진사는 그 집을 찾아갔습니다. 그 무녀는 나이가 아직 서른도 못 되는 얼굴이 예쁜 여자로서 일찍 과부가 되고는 음녀(淫女, 음란한 여자)로 자처하고 있었는데, 진사님이 오는 것을 보고는 술과 음식을 성대히 준비하고 매우 후하게 대접하였습니다. 진사는 잔을 잡았으나 마시지는 아니하고 말하기를,

"오늘 바쁘고 급한 일이 있으니 내일 다시 오겠소."
했답니다. 다음날 또 가니 또한 그렇게 하므로 진사는 감히 입을 열지 못하고 또 말하기를,

"내일 또 오겠소."
했답니다.

무녀는 진사의 얼굴이 속된 티를 벗어난 것을 보고 마음속으로 기뻐하였답니다. 그러나 연일 왕래하면서도 말 한 번 하지 않으므로 나이 어린 사람이 부끄러워 말을 하지 않는 것이니, 내가 먼저 정으로써 돋우어 붙들어 놓고 밤을 새우면서 같이 자리라 마음먹었답니다. 다음 날 목욕

하고 짙은 화장을 하고 화려한 옷을 입고 꽃 같은 담요와 옥 같은 자리를 깔아 놓고 작은 계집종으로 하여금 문밖에 앉아서 망을 보게 하였답니다. 진사가 또 와서 그 얼굴과 옷의 화려함과 베풀어 놓은 것의 아름다움을 보고 마음속으로 이상하게 여겼습니다. 무녀가 말하기를,

"오늘 저녁은 어떠하오? 이와 같은 사람을 보게 되다니."

하였으나, 진사는 뜻이 없었기 때문에 그 말에는 대답도 하지 않고 초연히 즐거워하지 않으니, 무녀가 화가 나 말하기를,

"과부의 집에 젊은 남자가 어찌 왕래하기를 꺼리시지 아니하는지요!"

진사가 말하기를,

"점이 신통하다던데 어찌 내가 찾아오는 뜻을 알지 못하시오?"

하니, 무녀가 즉시 영전(靈前, 신이나 죽은 사람의 영혼을 모셔 놓은 자리의 앞)에 나아가 앉아서 신에게 절을 하고는, 방울을 흔들며 중얼거리며 빌고, 몸을 추운 듯이 떨며 한참 움직이다가 말하더랍니다.

"당신은 정말로 가련하군요. 불안한 방법으로 이루기 어려운 계교를 따르고자 하니, 다만 그 뜻을 이루지 못할 뿐만 아니라 삼 년이 못 가서 황천(저승)의 사람이 될 것입니다."

그래서 진사가 울면서 사례하고는,

"당신이 비록 말하지 않아도 나 역시 다 알고 있소. 그러나 마음속에 맺힌 원한은 백 가지 약으로도 해결할 수 없으니, 만일 당신으로 말미암아 다행히 편지를 전하게 된다면 죽어도 또한 영광이겠소."

하자 무녀가 말하기를,

"비천한 무녀로서 비록 신사(神祀, 신에게 제사 지내는 일)로 인해 때로 혹

드나들지만, 부르시는 일이 없으면 감히 들어가질 못합니다. 하지만 진사님을 위해 한 번 가 보겠습니다."

하더랍니다. 진사가 품속에서 한 편지를 꺼내어 주면서 말씀했답니다.

"조심하오. 잘못 전하고서 화(禍)의 틀을 만드는 일이 없도록 하여 주오."

무녀가 편지를 가지고 궁문에 들어가니, 궁 안 사람들이 모두 그가 온 것을 이상히 여기기에, 무녀는 권사(權詐, 권모와 사기술)로써 대답하고는 이내 틈을 엿보아 궁 사람이 없는 곳으로 첩을 끌고 가서 그 편지를 주더이다. 제가 방으로 들어와서 뜯어보니 그 편지의 사연은 이러했습니다.

한 번 눈으로 인연을 맺은 후부터 마음은 들뜨고 넋이 나가 능히 마음을 진정하지 못하고 매양 성 서쪽을 향하여 몇 번이나 애를 태웠는지요. 이전에 벽 사이로 전해 주신 편지로 해서 잊을 수 없는 옥음(玉音, 옥 같은 소리)을 공경히 받아들고 펴기를 다하지 못하여 가슴이 메고, 읽기를 반도 못하여 눈물이 떨어져 글자를 적시었습니다. 이러한 후로부터 누워도 능히 잠들지 못하고, 음식은 목을 내려가지 않고 병은 골수에 사무쳐 온갖 약이 효험이 없어 저승이 보이니, 오직 소원은 조용히 죽음을 따르는 것뿐입니다. 푸른 하늘이 구부려 불쌍히 여기고 귀신이 묵묵히 도와주어 혹 생전에 한 번이라도 이 원한을 풀어 주게 하신다면 마땅히 몸을 부수고 뼈를 갈아서라도 천지신명의 영전에 제를 지내겠습니다. 편지를 쓰다 서러워서 목이 메니 다시 무슨 말을 하오리까. 예를 갖추지 못하고 삼가 쓰나이다.

사연 끝에는 칠운 한 수가 적혀 있었는데 그 시는 이러했지요.

누각은 깊고 깊어 저녁 문 닫히니
나무 그늘 구름 그림자 모두 다 희미하여라.
떨어진 꽃은 물에 떠 개천으로 흘러가고
어린 제비는 흙을 물고 처마 끝으로 돌아가네.
베개에 기대도 이루지 못함은 호접몽이요
눈을 돌려 남쪽 하늘 보니 외기러기도 날지 않네.
님의 얼굴 눈앞에 있는데 어이 그리 말 없는가
푸른 숲 꾀꼬리의 울음 들으니 눈물이 옷깃을 적시누나.
樓閣重重掩夕霏 樹陰雲影摠依微
落花流水隨溝出 乳燕含泥趁檻歸
倚枕未成蝴蝶夢 回眸空望鴈魚稀
玉容在眼何無語 草綠鶯啼淚濕衣

첩이 보기를 마치자 소리가 끊기고 기가 막혀서 입으로는 능히 말을
할 수 없었고, 눈물이 다하자 피가 눈물을 이었습니다. 병풍 뒤에 몸을
숨기고서 오직 사람들이 알까 봐 두려웠습니다.

이러한 후로부터 잠깐 사이도 잊을 수 없으니, 어리석음과 같고 미친
것과 같았습니다. 말하는 얼굴빛을 보고 주군이 의심하여 이상히 여겨
다른 사람에게 말하니 실로 자주 그러하다고 하였습니다. 자란이 또한
원망하여 이러한 말을 전하고는 눈물을 머금으며 말하기를,

"시는 성정에서 나오는 것으로 속일 수 없다."

하루는 대군이 비취를 불러 말씀하시길,

"너희들 열 명이 한 방에 같이 있으니 공부에 전념할 수 없다."

하시고, 다섯 명을 나누어 서궁(西宮)에 가서 있게 하셨습니다. 첩은 자

란, 은섬, 옥녀, 비취와 더불어 바로 그날 옮겨 갔습니다.

옥녀가 말하기를,

"그윽한 꽃, 가는 풀, 흐르는 물, 꽃다운 수풀이 정히 산에 있는 집이나 평평한 들과 같으니, 참으로 훌륭한 독서당이라 할 만하다."

하였습니다. 첩이 대답하기를,

"사인(舍人, 중국에서 귀족의 시종을 통틀어 이르는 말)도 아니고 비구니(여승)도 아니면서 이 깊은 궁 안에 갇히었으니 정말로 이른바 장신궁(長信宮, 중국 한나라 때 태후의 거처. 총애를 잃은 후궁들이 머물렀음)이다."

하였더니, 좌우의 궁인들 모두가 자탄하고 울적하게 여기지 않는 이가 없었습니다.

그 후 저는 편지를 써서 진사께 뜻을 전하고자 하였으며, 진사도 지성으로 무녀를 섬겨 간절히 부탁했습니다. 그러나 그녀는 마침내 오기를 허락하지 않았으니, 진사의 뜻이 자기한테 없음을 유감으로 여김이 없지 않아서 그랬을 것입니다.

자란이 꾀를 내어 운영과 김 진사를 만나게 해 주려 하다

하루는 저녁에 자란이 첩에게 은밀히 말하기를,

"궁 안 사람들이 매년 중추절(仲秋節, 추석)에 탕춘대(蕩春臺, 조선 연산군 때에 세검정 동쪽에 지은 건물. 연산군이 이곳에서 자주 연회를 베풀었음) 밑 개울에서 빨래를 하고는 술자리를 베풀었다가 파한다. 금년은 소격서동에서 한다고 하니, 갔다 왔다 하는 사이에 그 무녀를 찾아가 보는 것이 가장 좋은 방법일 것 같다."

하기에 첩은 그렇게 여기고 중추절을 기다리니 하루가 삼추(三秋, 가을이 세 번 지나감)와 같았습니다. 비취가 그 말을 가만히 엿듣고는 짐짓 알지 못하는 체하고 첩에게 말했습니다.

"네가 처음 올 때에는 안색이 배꽃과 같아서 화장을 하지 않아도 천연의 아리따운 자태가 있었던 까닭에 궁 안 사람들이 괵국부인(虢國夫人, 양귀비의 언니로 현종의 총애를 받았음)이라고 불렀다. 요사이 와서는 얼굴빛이 옛날보다 못하여 점점 처음과 같지 아니하니 이 무슨 까닭인가?"

그래서 첩이 대답하기를,

"본래 기질이 허약하여 매양 더운 계절을 당하면 언제나 더워서 마르는 병이 있는데, 오동잎이 떨어지기 시작하고 휘장에서 서늘한 기운이 나오면 그로부터 좀 나아진단다."

하였더니, 비취는 재밌는 시 한 수를 읊어 주었습니다. 희롱하는 뜻이 없지 않았으나 시상은 절묘했습니다. 첩은 그 재주를 기특히 여기면서도 그 희롱에 대해서는 부끄럽게 여겼습니다.

그럭저럭 여러 달이 지나 계절은 맑은 가을로 접어들었습니다. 서늘한 바람이 저녁에 일어나고, 가는 국화는 황금빛을 토하며, 풀숲의 벌레는 소리를 가다듬고, 흰 달은 빛을 비추었습니다. 저는 이미 숨길 수 없어서 사실대로 고하고 말하기를,

"바라건대 남궁 사람들이 알지 못하도록 하여 다오."

하고 부탁했지요. 이때에 기러기가 남쪽을 향하여 날고 이슬이 모여 맺혀 구슬이 되니, 맑은 시내에서 빨래를 하기 적당한 때가 되었습니다.

여러 궁녀와 함께 날짜를 결정하고자 했으나 의견이 맞지 않아 빨래할 장소를 정하지 못하였습니다. 남궁의 사람들이 말하기를,

"맑은 물과 흰 돌은 탕춘대 밑보다 더 나은 데가 없어."

하고 말했습니다. 그러자 서궁 사람들이 말하기를,

"소격서동의 물과 돌은 문 바깥에서 더 내려가지 않는다. 어찌 반드시 가까운 곳을 버리고 먼 곳을 구하려 하는가?"

하였으나 남궁 사람들이 고집을 부려 허락하지 아니하므로 결정을 짓지 못하고 그만두고 말았지요.

그날 밤 자란이 말하기를,

"남궁 다섯 사람 중에서 소옥이 주로 주장하니, 내 뛰어난 계획으로 그 뜻을 돌려 보마."

하고는 옥등(玉燈, 옥으로 만든 등)으로 앞길을 밝혀 남궁으로 가니, 금련이 반가이 맞이하며 말하기를,

"한 번 서궁으로 갈라진 후로 진나라와 초나라 같이 갈리었는데, 뜻밖에 이렇게 오늘 밤 귀한 몸이 왔으니 두터운 뜻을 깊이 사례한다."

하였습니다. 그러자 소옥이 말하기를,

"무엇이 고마울 것이 있니? 얘는 세객(說客, 자신이나 소속 정당의 주장을 선전하며 돌아다니는 사람)이란다."

했습니다. 자란이 옷깃을 가다듬고 얼굴빛을 바로하고는 말하기를,

"남의 마음에 있는 것을 헤아릴 수 있다니, 어째서 너는 세객이라고 하니?"

하니, 소옥이 말했습니다.

"서궁 사람들이 소격서동으로 가자고 하는데, 나 혼자만이 굳게 고집한 까닭으로 네가 밤중에 찾아왔으니 세객이라고도 말할 수 있거니와, 또한 당연한 것이지."

자란이 말하기를,

"서궁 다섯 사람 중 나 홀로 성안으로 가자고 했다."

소옥이 말하기를,

"홀로 성안을 생각하고 있다니, 그 무슨 의미냐?"

자란이 말하기를,

"내가 들으니 소격서동은 곧 천황을 제사 지내던 곳이므로 동명을 삼청동(三淸洞)이라 하였다 한다. 우리 열 명은 필시 삼청궁(三淸宮, 도교에서 신선이 산다는 옥청[玉淸]·상청[上淸]·태청[太淸]의 세 궁)의 선녀로서 『황정경(黃庭經)』(도가의 경문)을 잘못 읽고 인간에 귀양 왔을 것이다. 이미 진세에 있은즉 산집이나 야촌, 농막, 어물전 등 어느 곳이든 다 좋지 않으냐? 그러나 심궁에 굳게 갇히어 마치 대그릇 속의 새와 같으니, 노란 꾀꼬리 울음을 들어도 탄식이 나고 푸른 버들을 대하여도 한숨을 짓게 된다. 어린 제비가 쌍쌍이 날고 새가 짝을 이뤄 졸며 깃들여 살고 있다. 풀도 즐거움을 함께하고 나무도 이어져 있는 것이 도리여서 초목도 알지 못하고, 새들도 적지 않게 이르니, 또한 음양을 받음이요 서로 기뻐하지 않음이 없으니 우리 열 명은 홀로 무슨 죄가 있어서 적막한 심궁에서 길이 몸을 썩여야 하는가. 봄의 꽃 가을의 달을 바라보며 다만 등불을 벗 삼아 넋을 태우며 허무하게도 청춘의 시간을 포기하고 공연히 땅속의 원한만을 끼치게 되었으니, 부명(賦命, 타고난 운명)의 박함이 어찌 그리 이다

지도 심한가! 인생은 한 번 늙어지면 다시는 젊어지지 아니하니, 다시 생각해도 어찌 슬프지 아니하겠는가! 이제 맑은 시내에 가서 목욕하여 몸을 깨끗이 하고서 태을사에 들어가 머리가 땅에 닿도록 백 번 절하고 손 모아 빌며 숨은 도움을 달라고 빌어 내세에 가더라도 이와 같은 고생을 면하고자 함이니, 어찌 다른 뜻이 있겠는가? 무릇 우리 궁인은 정의가 동기와 같은데, 이 한 일로 인하여 남에게 부당한 의심을 사서야 되겠는가? 내 까닭 없이 믿을 수 없는 말을 하지 않는다!"

소옥이 일어나서 사죄하며 말했습니다.

"내 이치가 밝지 못하여 그대에게 미치기에는 멀었구나. 처음에 성안을 허락하지 않은 것은 성안에는 본래 무뢰한 협객의 무리가 많아서 뜻밖의 강포한 욕이 있을까 근심한 까닭으로 의심했었다. 이제 네가 능히 나로 하여금 멀리 아니하고 다시 서로 통하게 되었으니, 이후로부터는 비록 하늘에 올라간다고 할지라도 내 따를 것이며, 강으로부터 바다에 들어간다고 할지라도 내 또한 따를 것이니, 이른바 다른 사람으로 하여 일이 이루어져 곧 그 성공에 미치는 것과 한가지겠지."

그러자 부용이 말했습니다.

"무릇 일은 먼저 마음으로부터 정하는 것이 옳거늘, 말로 결정하지도 않았는데 둘이 서로 다투어 밤새도록 결정하지 못하고 있으니 일이 순조롭지 못하겠구나. 한 집안의 일을 주군께 알리지도 아니하고 우리끼리만 몰래 논하니 이것은 마음이 차지 않음이며, 낮에 다툰 일을 밤도 깊기 전에 굴복하고 말았으니 이것은 사람을 믿을 수 없음이라. 또 맑은 가을에는 옥같이 맑은 시내가 없는 곳이 없거늘, 꼭 성에 있는 사당으로

만 가려고 하니 이것도 옳다고는 할 수 없고, 비해당 앞은 물이 맑고 돌이 희므로 해마다 거기에서 빨래를 하다가 이제 와서 다른 곳으로 바꾸자고 하는 것도 또한 옳지 않다. 이 다섯이 모두 간다고 해도 나는 그 명에 따르지 않겠다."

또 보련이 말했어요.

"말이라 하는 것은 문신하는 도구와 같으니, 삼가느냐 삼가지 않느냐에 따라서 경사와 재앙이 따르는 것이다. 그러므로 군자는 말을 조심하고 입을 지키기를 병과 같이 한다. 한나라 때의 병길(丙吉)과 상여(相如)는 종일 말을 하지 않아도 일을 이루지 못함이 없었으며, 색부(嗇夫)는 이로운 말을 척척 잘하였으나 장석지(張釋之)에 참소한 바 되었단다. 이로써 내가 보건대 자란의 말은 무엇을 밝히지 않고 숨긴 것이 있고, 소옥의 말은 강하면서도 마지못하여 따르는 것이며, 부용의 말은 말을 꾸미는 데만 힘을 쓰니, 다 나의 뜻에 맞지 않으므로 이번 행차에 나는 함께하지 않겠다."

또 금련이 말하기를,

"오늘 저녁의 의논은 끝내 합의를 보지 못하였으니 내 점을 쳐서 화해하리라."

하고는 곧 『주역』을 펴 놓고 점을 쳐 얻은 괘를 풀어서 말했습니다.

"내일 운영은 반드시 장부를 만나리라. 운영의 얼굴과 거동은 인간 세상에 살고 있는 사람이 아닌 것과 같다. 그래서 주군께서 그에게 마음을 기울인 지가 이미 오래되었으나 운영이 죽음으로써 거역하고 있음은 다른 이유가 있는 것이 아니라, 차마 부인의 은혜를 저버리지 못함이라.

주군의 명령이 비록 엄하나 운영의 몸이 상할까 두려워하는 까닭으로 감히 가까이하지 못하고 있다. 이제 이 쓸쓸한 곳을 버리고서 번화한 땅으로 가고자 하니, 유협(遊俠, 협객) 소년들이 그 자색을 볼 것 같으면 반드시 넋을 잃고 미칠 것 같은 자가 있을 것이다. 비록 능히 서로 가까이 하지는 못하나 손가락질하며 눈짓을 보낼 것이니 이것 또한 욕이다. 전일에 주군께서 명령을 내리시기를 '궁녀가 문을 나가거나 바깥사람이 궁녀의 이름을 알면 그 죄는 죽음을 당하리라' 하셨으니, 이번 행차에 나로서는 함께할 수 없다."

이에 자란은 일이 이루어지지 않을 줄 알고는 실망한 듯이 즐거워하지 아니하고 바야흐로 돌아가고자 했지요. 그런데 비경이 울면서 비단 띠를 잡고 억지로 만류하고는 앵무잔(앵무새 부리 모양의 자개로 된 잔)에다 운유주(雲乳酒)를 따라 권하기에 좌우에 있던 사람들이 다 마셨답니다. 금련이 말하기를,

"오늘 저녁의 모임은 조용히 파해야 할 것이나 비경이 우니 나도 정말 괴롭구나."

하니, 비경이 말했습니다.

"처음 남궁에 있을 때 운영으로 더불어 사귀기를 깊고 친밀하게 하여 사생(死生, 죽음과 삶)과 영욕(榮辱, 영화로움과 욕됨)을 함께하기로 하였는데, 이제 비록 거처를 달리하였다 하더라도 어찌 잊을 수 있겠는가. 전날 주군 앞에서 문안을 올릴 때 운영을 당 앞에서 보니, 가는 허리가 더 말라졌고 얼굴은 핼쑥하여졌으며 목소리는 가늘어서 들릴락말락하였다. 일어나 절을 할 때에 힘이 없어 땅에 넘어지기에 내가 붙들어 일으키고는

좋은 말로 위로하였다. 운영이 대답하기를, '불행히 병을 얻어 아침저녁으로 장차 죽을까 한다. 나의 천한 목숨은 죽어도 애석함이 없지마는 아홉 명의 문장과 재화(才華, 빛나는 재주. 또는 뛰어난 재능)가 일취월장하여 다른 날 아름다운 시편과 고운 작품이 한 시대를 움직이겠지만, 내가 볼 수 없으니 이로써 슬픔을 능히 금할 수 없다'고 하는 그 말이 하도 처절하여서 내가 눈물을 흘렸거니와, 이제 와서 생각해 봐도 그 병이 실로 위중하였음은 생각한 바와 같았단다. 슬프다! 자란은 운영의 벗이라, 죽음에 임한 사람을 천단(天壇, 중국에서 천자가 하늘에 제사 지내는 데 쓰던 제단) 위에 두고자 하는 것도 또한 어려운 일이다. 오늘의 계획이 만일 이루지 못할 것 같으면 황천에 가서도 눈을 감을 수 없을 것이요, 원한은 남궁으로 돌아올 것이니 그 어찌 그렇지 않겠는가? 『서경』에 말하기를, '좋은 일을 하면 백 가지 상서로운 것을 내려주시고 좋지 아니한 일을 하면 백 가지 재앙을 내려주시나니'라 하였으니, 지금 이러한 논의는 좋은가? 좋지 않은가?"

소옥이 말했습니다.

"내 이미 허락하였고 세 사람의 뜻도 이미 따르기로 했으니 어찌 중도에서 그만두리오. 설혹 일이 누설된다고 할지라도 운영 홀로 그 죄에 미치니 어찌 다른 사람과 함께하겠는가. 나는 두말하지 않고 마땅히 운영을 위하여 죽으리라."

이에 자란이 말하기를,

"따르는 이가 반이요, 따르지 않는 이가 반이니 일은 다 틀렸노라."
하고는 일어나 돌아가고자 하다가 들어와 다시 앉아 그 뜻을 살피더니,

혹 따르고자 하나 두말하기를 부끄럽게 여기는 것 같았습니다. 자란이 다시 말했습니다.

"천하의 일에는 정도(正道, 정당한 도리)와 권도(權道, 목적을 이루기 위해 임기응변으로 처리하는 방도)가 있는데, 권도로 중도(中道, 어느 한쪽으로 치우치지 아니하는 바른 길)를 얻으면 그 역시 정도라. 어찌 변통하는 권도를 쓰지 않고 먼저 한 말을 굳게 지키려고 하겠느냐."

그러자 좌우의 사람들이 일시에 따랐습니다. 또 자란이 말하기를,

"내 말하기를 좋아하는 것은 아니나 남을 위하여 일을 도모하다가 얻지 못하면 말하지 아니한다."

하니, 비경이 말했습니다.

"옛날 소진(蘇秦, 중국 전국 시대의 책사)은 육국으로 하여금 합종(合從, 강국인 진과 한 두 나라를 대적하기 위해 여섯 나라가 동맹을 맺음)하도록 하였거니와, 이제 자란은 능히 다섯 사람으로 하여금 따라 복종하게 하였으니 변사(辯士, 말솜씨가 아주 능란한 사람)라 일컬으리라."

자란이 말하길,

"소진은 능히 육국의 상인(相印, 재상의 도장)을 찼거니와, 이제 그대들은 어떠한 물건을 주려고 하는가?"

하자, 금련이 말했습니다.

"합종은 육국의 이로운 것이다. 지금 이 복종은 우리 다섯 사람에게 무슨 이익이 있는가?"

그러자 모두들 마주 보며 크게 웃었답니다. 자란이 말하기를,

"남궁 사람은 다 착해서 능히 운영으로 하여금 다시 죽을 목숨을 잇게

하였으니 어찌 사례하지 않으리오?"

하면서 일어나서 절하자 소옥 또한 일어나 절했습니다.

자란이 말하기를,

"오늘의 일은 다섯 사람이 따르기로 했다. 위에는 하늘이 있고 밑에는 땅이 있으며 촛불이 맑게 비치고 귀신이 엿보고 있으니 내일 가서 다른 뜻이야 없겠지?"

하고는 일어나 다시 절하고 돌아가니 다섯 사람이 다 중문 밖까지 나가 전송하였습니다.

자란이 첩에게 돌아왔기에, 첩은 벽에 기대어 일어나서 재배(再拜)하며 감사하여 말하기를,

"나를 낳은 사람은 부모이고, 나를 살려 준 사람은 너구나. 땅에 들어가기 전에 맹세하고 이 은혜를 갚으리라."

하였습니다. 앉아서 아침을 기다리는데 소옥과 남궁 네 사람이 들어와 문안을 하고는 물러나가 중당(中堂)에 모이니, 소옥이 말했습니다.

"하늘은 환히 맑고 물이 차니, 정히 빨래할 때가 되었구나. 오늘 소격서동에다 휘장을 치는 것이 좋겠다. 옳은가?"

여덟 사람은 이의가 없었습니다.

운영이 김 진사를 그리워하며 편지를 쓰다

저는 물러나와 서궁으로 돌아가서 흰 비단 적삼에다 가슴속에 가득 찬 슬픔과 원한을 써서 품에 넣고는 자란과 같이 일부러 뒤에 떨어져 마

부보고 말하기를,

"동문 밖에 있는 무녀가 가장 영험하다고 하니, 내 그 집에 가서 병을 묻고 오겠다."

하고 이르니, 동복이 그 말대로 하였습니다. 저는 그 집에 가서 좋은 말로 애걸하며 말했습니다.

"오늘 온 것은 김 진사를 한 번 만나보고 싶은 것뿐이오니, 가급적 통지해 주신다면 몸이 다하도록 은혜를 갚겠습니다."

무녀가 그 말대로 사람을 보냈더니, 곧 진사가 엎어지며 좇아왔습니다. 둘이 서로 마주하니 한마디 말도 하지 못하고 다만 눈물을 흘릴 뿐이었지요. 첩이 편지를 주면서 말하기를,

"저녁을 타서 꼭 돌아올 것이니 낭군님은 여기에서 기다려 주셔요."

하고는 바로 말을 타고 갔습니다.

진사는 편지를 뜯었습니다. 그 사연은 이러하였습니다.

일전에 무산(巫山) 선녀가 전해 준 편지는 낭랑한 옥음이 정녕 종이에 가득하였습니다. 공경하는 마음을 세 번 반복하여 읽으니 슬프고도 기뻐서 마음을 스스로 진정하지 못하였습니다. 바로 답서를 보내고자 하였사오나 이미 전할 길이 없었습니다. 또한 비밀이 샐까 봐 두려웠습니다. 고개를 들어 멀리 바라보며 날아가고자 하오나 날개가 없으니 애가 끊어지고 넋이 사라져 다만 죽을 날을 기다릴 뿐이옵니다. 죽기 전에 이 편지에 의거하여 제 평생의 한을 다 털어놓고자 하오니, 원컨대 낭군께서는 마음에 새겨 두옵소서. 첩의 고향은 남방이옵니다. 부모님이 저를 사랑하시기를 여러 자녀 가운데서도 편애하시어 나가 노는 데 있어서도 그 하고자 하는 대로 맡겨 두셨습니다. 그래서

숲 속과 시냇가에서 매화나무, 대나무, 귤나무, 유자나무 등의 그늘에서 매일 놀기를 일삼았습니다. 이끼 낀 바위에서 고기 낚는 무리와 소 먹이기를 파하고 피리를 희롱하는 아이들이 아침저녁으로 눈에 들어왔으며, 그 밖에 산과 들의 풍경과 밭과 집의 재미는 이루 다 들 수 없사옵니다. 부모님은 삼강오륜의 행실을 가르치시고 또한 『칠언당음(七言唐音)』(당시 중 칠언절구 선집)을 가르쳐주셨습니다. 나이 열세 살 때에 주군이 부르신 까닭으로 부모님을 이별하고 형제를 멀리 떠나 궁문에 들어왔습니다. 집으로 돌아갈 것을 생각하는 마음 금할 수 없었습니다. 그래서 더벅머리와 때 묻은 얼굴과 남루한 의상으로 보는 사람으로 하여금 더럽게 보이도록 하고자 뜰에 엎드려 울었더니, 궁인이 보고 말하기를 '한 연꽃 가지가 뜰 가운데서 피어났다'고 하였습니다. 대군의 부인은 저를 사랑하시기를 친자식과 다름없이 대해 주셨습니다. 주군도 또한 보통으로 여기시지 않았습니다. 궁 안 사람들이 사랑해 주지 않음이 없었고 모두 골육(부모형제)과 같이 여겼습니다. 한 번 학문에 종사한 후로부터 의리를 문득 알았으며 음률을 능히 살폈더니 궁인이 공경하고 복종하지 않음이 없었습니다. 서궁으로 옮긴 후로부터 금서(琴書, 거문고와 책)에만 전념하여 조예가 더욱 깊어져서 무릇 문사들이 지은 시는 하나도 눈에 걸리는 것이 없어 재주가 어렵지 않으니 그렇구나! 오직 남자가 되어서 입신양명을 하지 못한 것이 한이고, 붉은 얼굴, 짧은 목숨이 되어 한 번 심궁에 갇히고는 끝내 시들어 떨어지게 되었으니 어찌 애석하지 않으리오! 인생이 한 번 죽으면 누가 다시 알아주리까. 이렇게 한은 마음을 엮고 원망은 가슴을 눌렀습니다. 매양 수놓기를 그치고 등불에 붙이며 깁 짜기를 파하고 북을 던지고 베틀에서 내려와 비단 휘장을 찢어 버리고 옥비녀를 꺾어 버렸습니다. 잠시 취흥을 얻으면 모든 것에서 벗어나 산보를 하면서 섬돌의 꽃을 쳐서 떨어지게 하고 뜰의 풀을 손으로 뽑아 버리니, 어리석음과 같고 미친 것과 같았으나 능히 스스로 억제하지 못하였습니다. 지난해 가을 달 밝은 밤에 낭군님의 얼굴과 거동을 한 번 보고는 마음속으로 천상의 신선이 인간에 내려온 듯 여겼습니다. 첩의 얼굴이 아홉 사람들보다 못났는데도 어떤 숙세(宿世, 전생)의 인연이 있었는지 어찌 붓끝의 한 점을 알고서 마침내 가슴속에 원한을 맺는 실마리가 되었는지요. 주렴 사이로 바라봄으로써 봉추(鳳雛, 봉황의 새끼. 아직 세상에 드러나지 않은 영웅)를 받들 수 있는 인연이 될까 하고 헤아려 보았으며, 꿈속에서 만나봄으로써 장차 있을 수 없는 사랑을 이어 볼까 하였답니다. 비록 한 번도 이불 속의 즐거움은 없었사오나 옥 같은 낭군님의 얼굴이 눈에 아롱거렸습니다. 배꽃에서 우는 두견새의 울음과 오동잎에 떨어지는 밤의 빗소리는 슬퍼서 차마 견딜 수 없었습니다. 뜰 앞에 가는 풀이 나오는 것(봄)과 하늘에 날고 있는 외기러기(가을)는 처량하여 차마 볼 수가 없었습니다. 혹은 병풍에 기대어 앉거나 혹은 난간에 기대어 서서 가슴을 치고 발을 구르면서 푸른 하늘에 홀로 하소연할 뿐입니다. 알지 못하오나 낭군님도 또한 저를 생각하고 있는지요? 다만 한스러운 것은 낭군님을 보기 전에 먼저 죽어, 땅이 늙고 하늘이 거칠어져도 이내 정만은 사라지지 않으리다. 오늘 빨래하러 가는 행차에는 양쪽 궁의 시녀들이 다 모이는 까닭으로 여기에 오래 머물러 있을 수 없사옵니다. 눈물은 먹물과 섞이고 혼은 비단실에 맺혔사오니, 엎드려 원하건대 낭군님께서는 한 번 보아 주옵소서. 또한 졸구(拙句, 보잘것없는 구절)로써 지난번의 시구에 삼가 답하옵니다. 이것은 희롱함이 아니오라 자못 호의로 붙인 것이옵니다.

그 글은 가을을 맞이하여 상심한 마음을 쓴 글이었고, 그 시는 서로에 대한 그리움의 시였습니다. 그날 저녁 나올 때에 자란이 저와 같이 먼저 나왔습니다. 동문 밖을 향하니 곧 소옥이 미소하면서 절구 한 수를 지어 주는데, 저를 기롱(譏弄, 실없는 말로 놀림)하는 뜻이 아님이 없었습니다. 저는 마음속으로 부끄럽게 여겼으나 참았습니다. 그 시는 이러했습니다.

> 태을사 앞 물 한 번 돌아드니
> 천단에 구름 흩어지고 아홉 개의 문이 열리도다.
> 가는 허리는 광풍을 이기지 못해
> 잠시 숲 속에 피하였다 날 저물어 돌아오도다.
> 太乙祠前一水回 天壇雲盡九門開
> 細腰不勝狂風急 暫避林中日暮來

　자란이 곧 차운하였고 비취와 옥녀도 서로 이어서 차운하니, 또한 다 저를 희롱하는 뜻이었습니다.

운영과 김 진사가 위험을 무릅쓰고 만나다

　제가 말을 타고 먼저 돌아와서 무녀의 집에 가 본즉, 무녀가 뾰로통한 얼굴을 하고 벽을 향하여 앉아서 안색을 고치지 않고 있었습니다. 진사는 적삼으로 얼굴을 가리고 종일 느껴 울어 넋을 잃고 실성하여 제가 온 것도 알지 못하는 것 같았습니다. 저는 왼손에 차고 있던 운남의 옥색 금환(金環, 금반지, 금팔찌)을 풀어서 진사의 품속에 넣어 주고는 말하기를,
　"낭군님께서는 저로써 박정하다 아니 하시고 천금 같은 귀한 몸을 굽혀 더러운 집에 와서 기다리시니, 제가 비록 불민(不敏, 어리석고 둔하여 재빠르지 못함)하오나 또한 목석이 아니오니 감히 죽음으로써 허락하리다. 제가 만약 식언(食言, 한 번 입 밖에 낸 말을 도로 입속에 넣는다는 뜻으로, 약속한

말대로 지키지 아니함)한다면 여기에 금환이 있사옵니다."

하고, 갈 길이 총총하므로 일어나 작별을 고하니 흐르는 눈물이 비와 같았습니다. 제가 진사의 귀에다 대고 말했습니다.

"제가 서궁에 있으니 낭군님께서 밤을 타 서쪽 담을 들어오시면 삼생(三生, 전생, 현생, 내생을 모두 이르는 말)에 있어서 미진(未盡, 다하지 못함)한 인연을 거의 이을 수 있을 것입니다."

말을 마치고는 옷을 떨치고 나와서 먼저 궁문을 들어오니, 여덟 사람도 뒤따라 들어왔습니다.

그날 밤 이경(二更, 밤 9시~11시)에 소옥이 비경과 함께 촛불로 불을 밝히고 서궁으로 와서 말하기를,

"낮에 읊은 시는 무정한 데서 나왔고 희롱하는 말이 되고 말았구나. 그래서 깊은 밤을 피하지 아니하고 험로(險路, 험한 길)를 무릅쓰고 와서 사과한다."

하니, 자란이 받아서 말했습니다.

"다섯 사람의 시는 다 남궁에서 나오지 않았느냐. 한 번 궁을 나눈 후로부터 자못 형적(形跡, 흔적)이 있어 당시(唐時, 당나라 때)에 우이(牛李, '우이당쟁'을 말함. 당나라 후기에 벌어졌던 유명한 정쟁으로 우승유와 이종민을 영수로 하는 우파와 이덕유가 이끄는 이파 간에 벌어졌음)의 무리와 같은 것이 있으니 어찌 그렇지 않으리오. 여자의 정인즉 하나라, 오래도록 심궁에 갇혀 외그림자만을 길이 조상(弔喪)하게 되었으니, 오직 대하는 것이라곤 촛불뿐이요, 하는 것이라곤 거문고 타고 노래 부르는 것뿐. 백화(百花)는 꽃송이를 머금고 웃고 있으며, 두 마리 제비는 날개를 엇바꾸면서 즐기고 있

으나 박명한 우리들은 다 같이 심궁에 갇히어 사물을 볼 때마다 봄을 생각하니 그 심정이 오죽하겠는가. 아침에는 구름이 된다는 무산의 선녀는 자주 초왕(楚王)의 꿈에 돌아갔으며, 왕모(王母, 서왕모) 선녀는 요대(瑤臺, 주나라 목왕이 곤륜산에 사냥을 가서 서왕모를 만난 궁전)의 잔치에 여러 번 참여하였거니와 여자의 뜻은 의당 다름없거늘 남궁 사람들은 어찌하여 홀로 항아(姮娥, 월궁항아. 달에 있는 궁에 산다는 선녀)와 같이 정절을 굳게 지키면서 영약(靈藥, 영험한 약)을 도적질하였음을 뉘우치지 아니하는가!(항아가 서왕모의 불사약을 훔쳐 먹고 달나라로 달아났다는 전설이 있음)"

비경과 옥녀 모두 흐르는 눈물을 막지 못하고,

"한 사람의 마음은 곧 천하 사람의 마음이란다. 이제 성교(盛敎, 훌륭한 가르침)를 들으니 슬픈 회포가 유연히 일어나는구나."

하며, 일어나 절하고 갔습니다. 제가 자란을 보고 말했습니다.

"오늘 저녁에는 나와 진사님 사이에 금석의 약속(金石之約, 쇠나 돌처럼 굳고 단단한 변함없는 약속)이 있으니, 오늘 오지 않을 것 같으면 내일에는 반드시 담을 넘어오리라. 오면 어찌 대접해야 할까?"

자란이 말하기를,

"수놓은 휘장이 겹겹이 둘러 있고 비단 좌석이 찬란하며, 술은 시냇물과 같고 고기는 언덕과 같이 있으니, 아니 오면 그만이거니와 온다면 대접하기가 무엇이 어렵겠니."

그날 밤에는 과연 오지 않았습니다.

진사가 가만히 그곳을 돌아본즉 담이 높고 험준하여 스스로 몸에 날개를 갖추지 아니하고는 능히 넘어올 수 없었더랍니다. 집으로 돌아가서 맥맥히 말도 아니하고 근심을 얼굴에 나타내고 있는데, 이름이 특(特)인 종이 있어 꾀가 많아 칭찬을 받더니, 진사의 얼굴빛을 보고는 나아가 무릎을 꿇고 말하기를,

"진사께서는 필경 세상에서 오래가지 못하리다."

하고는 뜰에 엎드려 울었습니다. 진사가 꿇어앉아 그의 손을 잡고 회포를 다 말하였더니, 특이 말하기를,

"어찌 일찍 말하시지 아니하셨습니까? 제 마땅히 꾀를 내 보겠습니다."

하고는 곧 사다리를 만드니, 매우 가볍고 능히 접었다 폈다 할 수 있었습니다. 접으면 병풍을 접는 것과 같고 펴면 오륙 장 가량 되지만 손바닥 위에서 운반할 수 있듯이 편리했답니다. 특이 그것을 가르쳐 주며 말하기를,

"이 사다리를 가지고 궁전의 담을 올라 넘어가서는 안에서 접어 두었다가 돌아올 때에도 또한 그와 같이 하십시오."

진사가 특으로 하여금 뜰에서 시험해 보게 하였더니 과연 그의 말과 같은지라, 진사는 매우 기뻐하였습니다. 그날 밤 궁중으로 가려고 할 때 특이 또한 품속에서 털옷과 가죽 버선을 내어 주면서 말했습니다.

"이것이 있으면 넘어가기가 어렵지 아니할 것입니다."

진사가 그것을 입고 가니 새가 나는 것처럼 가볍고, 걸을 때도 발소리가 나지 않았습니다. 진사는 계획을 써서 담을 넘고, 대나무숲 속에 엎드리니, 달빛은 낮과 같았으며 궁 안은 적막했습니다. 조금 있다가 사람이 안에서 나와 산보하면서 작은 소리로 시를 읊었습니다. 진사가 숲을 헤쳐 머리를 내놓고,

"누구기에 여기에 오느뇨?"

하니, 그 사람이 웃으면서 대답하길,

"이리 나오세요, 이리 나오세요."

하였습니다. 진사가 나아가 절하고 말했습니다.

"나이 어린 사람이 풍류의 흥취를 이기지 못하여 만사를 무릅쓰고 감히 여기에 들어왔사오니, 엎드려 원하건대 낭자께서는 나를 어여삐 여겨 주시오."

자란이 말하기를,

"진사님의 오심을 고대하기를 큰 가뭄에 비를 바라는 것과 같았습니다. 이제야 다행히 뵈옵게 되어 저희들이 소생하였습니다. 원하건대 진사님은 의심하지 마셔요."

하고는 바로 이끌고 들어가기에 진사님은 층계를 거쳐 굽은 난간을 따라 몸을 가다듬고 들어오셨습니다.

저는 사창을 열어 놓고 옥등을 밝혀 놓고 앉아서 짐승 모양의 금 화로에다 금향을 가득 피우고, 유리 같은 책상에다 『태평광기(太平廣記)』(, 중국 설화집) 한 권을 펴 들고 있다가 진사가 오심을 보고 일어나 맞이하고 절했습니다. 낭군님 또한 답례를 하고 손님과 주인의 예로써 동서로 나누어 앉았습니다. 자란으로 하여금 진수기찬(珍羞奇饌, 진수성찬)을 차려 놓고 자하주를 따라서 권하니, 석 잔을 마시고 진사는 좀 취한 듯이 말했습니다.

"밤이 얼마나 되지요?"

자란이 곧 그 뜻을 알고는 휘장을 드리우고 문을 닫고 나갔습니다. 제가 등불을 끄고 잠자리를 함께하니 그 즐거움은 가히 아실 것입니다. 밤은 이미 새벽이 되고 닭은 날 새기를 재촉하기에 진사는 바로 일어나 돌아가셨습니다. 이러한 후부터는 어두울 때 들어와서는 새벽에 돌아가시니 그렇게 하지 않는 저녁이 없었지요. 기쁨은 깊어지고, 뜻은 더욱 은밀해져, 멈출 수가 없었습니다. 담장 안의 쌓인 눈 위에 자주 발자국이 남게 되었습니다. 궁인들은 다 그 출입을 알고 위험하다 하지 않는 이가 없었습니다.

특이 간교를 부려 운영과 김 진사에게 도망칠 것을 제안하다

하루는 진사가 좋은 일의 끝이 재앙의 기초를 마련하게 될까 봐 문득 걱정하고는 마음속으로 크게 두려워서 종일 즐거워하지 아니하였습니다. 종 특이 바깥에서 들어와 말하기를,

"제 공이 매우 컸음에도 상에 대해 말씀하지 않으십니까?"

했습니다. 진사가 말하기를,

"내 마음속에 새겨 두고 잊지 않고 있으니 조만간 마땅히 상을 후히 내리리라."

하시니 특이 말하기를,

"이제 진사님의 안색을 보니 또한 근심이 있는 것 같습니다. 알지 못하거니와 무슨 까닭이옵니까?"

하고 묻더랍니다. 진사가 말하기를,

"보지 못한즉 병이 마음과 골수에 있고, 본즉 헤아릴 수 없는 죄가 있

으니 어찌 근심되지 않겠냐?"

하시니 특이 말하기를,

"그러면 어찌하여 남몰래 업고 도망가려 하지 않으십니까?"

하더랍니다. 진사는 그렇게 하기로 하고 그날 밤 특의 계교를 저에게 말
씀하셨습니다.

"종 특은 본래부터 꾀가 많아서 이 계교로써 가르치니 그 뜻이 어떠하
오?"

저는 허락하며,

"저의 부모님은 재산이 매우 많습니다. 그래서 제가 올 때에 의복과
보화를 많이 싣고 왔으며, 또 주군이 주신 것이 매우 많은데 이 물건들
을 내버리고는 갈 수 없습니다. 이것을 옮기고자 하니, 비록 말 열 필이
있다 하더라도 능히 다 운반할 수 없습니다."

하고 말했습니다.

진사가 특에게 돌아가니, 특이 크게 기뻐하며 말하기를,

"무엇이 어려울 게 있사옵니까?"

하기에 진사가 말하기를,

"만약 그렇다면 안전하게 내보낼 수 있는 계획이 있느뇨?"

하시니, 특이 말하였습니다.

"저의 벗 중에서 역사(力士, 힘이 센 사람) 십칠 명이 있사온데, 날로 강해
져서 나라를 위하여 일을 하고자 하거니와 능히 당할 사람이 없사옵니
다. 저하고 깊은 우정을 맺고 있어서 오직 명령만 내리면 따를 것입니
다. 이 무리로 하여금 운반하게 하면 곧 태산도 또한 옮길 수 있을 것입

니다."

　진사가 돌아와서 저에게 말하기에, 저도 그렇게 하기로 하고, 밤이면 밤마다 수습하여 칠 일째 밤 모두 바깥으로 운반했습니다. 특이 말했습니다.

　"이와 같은 중요한 보물을 본댁에 쌓아 두면 큰마님께서 반드시 의심하실 것이며, 저의 집에 쌓아 두면 이웃 사람이 반드시 의심할 것입니다. 다른 사람이 모르게 산중에다 구덩이를 파고서 깊이 묻어 두고는 굳게 지키면 좋을 것 같습니다."

　"만약 혹 잃게 되면 나와 너는 도적이라는 이름을 면하기 어려울 것이니, 너는 조심해서 지켜라."

　특이 말하였습니다.

　"저의 계획이 이와 같이 깊고 저의 벗이 이와 같이 많으니, 천하의 어려운 일이 없습니다. 무엇을 두려워할 것이 있습니까? 하물며 특이 긴 칼을 가지고 밤낮으로 떠나지 않을 것이니, 보화는 뺏을 수 없을 것입니다. 또한 저의 발을 자르는 것은 가능해도 이 보화를 취할 수는 없을 것이니, 원하건대 의심하지 마옵소서."

　대저 특의 뜻은 이 중요한 보화를 얻은 후에 저와 진사를 산골로 끌고 가서 진사를 죽이고는 저와 재보(財寶, 재물과 보물)를 자기가 차지하려는 계획이었으나, 진사는 우활(迂闊, 사리에 어둡고 세상 물정을 잘 모름)한 선비라 알지를 못했습니다.

운영과 김 진사는 불안해하고 자란은 그들을 꾸짖다

　대군이 이전에 비해당을 구축하고는 가제(佳製, 잘 만들어진 제품. 여기서는 훌륭한 글)를 얻어 현판(懸板)에다 걸고자 하였으나 여러 문사들의 시가다 뜻에 차지 않아서 진사를 강제로 불러 잔치를 베풀어 놓고 간청하셨습니다. 진사가 한 번 붓을 휘두르니, 글에 한 점도 더할 것이 없이 산수의 경치와 비해당을 지은 모습을 전부 표현하지 않은 것이 없어 가히 풍우(風雨)를 놀라게 할 만하고 귀신이 울 만했습니다. 대군이 구절구절 칭찬하며 말씀하시길,

　"뜻밖에 오늘 다시 선인(仙人)을 보게 되었구나!"

하시고는 음미하시기를 마지않다가 '수장암절풍류곡(隨墻暗竊風流曲, 어두운 담 밖에서 몰래 풍류곡을 들음)'이라는 시구에 와서는 멈추고 의심스러워했습니다. 진사가 일어나 절하면서 말하기를,

　"취하여 인사불성이오니, 원하건대 물러가게 하여 주옵소서."

하니, 대군은 동복에게 명하여 부축하여 보냈습니다.

　이튿날 밤에 진사가 들어와서 저에게 말했습니다.

　"도망가는 것이 좋겠소. 어제 지은 시를 보고 대군의 의심을 샀으니, 오늘 밤에 가지 않으면 뒤에 재앙이 있을까 두렵소."

　제가 대답하기를,

　"어제 저녁 꿈에 한 사람을 보았는데, 얼굴이 흉악하고 스스로 모돈선우(冒頓單于, ?~기원전 174. 흉노족의 전성기를 이끈 선우[군주])라 칭하면서 말하기를 '이미 숙약(宿約, 오래전 약속)이 있는 까닭으로 장성(長城, 만리장성)

밑에서 오래도록 기다렸노라' 하기에 깨자마자 놀라서 일어났거니와 꿈의 조짐이 상서롭지 아니하고 심히 괴이하니 낭군님 또한 그러한 생각을 하십니까?"

진사가 말하기를,

"꿈속은 헛된 일이라 하는데 어찌 믿을 수 있겠소?"

제가 말하기를,

"그 장성이라고 말한 것은 궁의 담입니다. 그 모돈이라고 말한 자는 특입니다. 낭군님은 그 종의 마음을 잘 알고 계신지요?"

진사가 말했습니다.

"그 종놈은 본래 미련하고 음흉하지만, 전날 나에게 충성을 다하였고, 오늘 낭자로 더불어 좋은 인연이 맺게 한 것도 다 그 종의 계획이오. 어찌 처음에는 충성을 바치다가 나중에는 악한 일을 하겠소?"

제가 말하기를,

"낭군님의 말씀이 돌보는 정성이 이와 같으니 어찌 감히 거역하리까? 다만 자란은 정이 형제와 같으니 고하지 않을 수 없습니다."

바로 자란을 불렀습니다.

세 사람이 둘러앉아, 제가 진사의 계획을 말하였더니, 자란이 크게 놀라며 꾸짖어 말했습니다.

"서로 즐거워한 지가 오래되었는데 어찌 스스로 화근을 빨리 오게 하느냐! 한두 달 동안 서로 사귐이 또한 족하거늘 담을 넘어 도망하려 하다니, 어찌 사람으로서 차마 할 수 있느냐? 주군이 뜻을 기울이신 지 이미 오래되었으니 도망할 수 없음이 그 첫째라. 부인이 매우 근심해 주시고 사랑해 주심이 지극하였으니 도망하지 못함이 그 둘째요, 화가 양친에게 미칠 것이니 도망할 수 없음이 그 셋째이며, 죄가 서궁에 미칠 것이니 도망할 수 없음이 넷째라. 또한 천지는 한 그물 속이니 하늘로 올라가거나 땅으로 들어가지 않는 이상 도망간들 어디로 가리오. 혹 잡힐 것 같으면 그 화는 어찌 너의 몸만으로 그치겠느냐? 몽조(夢兆, 꿈에 나타나는 길흉의 징조)가 상서롭지 못하다 함은 그만두고라도, 만약 혹 길하고 상서롭다 하면 네가 즐거이 가겠는가? 마음을 굽히고 뜻을 누르고서 정절을 지켜 평안히 앉아 있으면 천이(天耳, 하늘의 소리)를 듣는 것만 같음이 없겠다. 너의 얼굴이 좀 쇠하면 주군의 사랑도 점차 풀어질 것이다. 그런 일을 생각해보면, 병이 오래되어 누워 있으면, 반드시 고향으로 돌아갈 것을 허락할 것이다. 때가 되면, 낭군과 더불어 손을 잡고 돌아갈 수 있으니, 큰 계획 없이 늙어 함께 있을 수 있을 것이다. 어찌 생각해 보지 않았는가. 계획을 당하여 네가 비록 사람을 속일 수는 있으나 감히 하늘을 속일 수야 있겠느냐?"

이에 진사는 일이 이루어지지 못할 것을 알고는 탄식하면서 눈물을 머금고 나갔습니다.

안평대군이 운영과 김 진사의 관계를 알게 되다

하루는 대군이 서궁 수헌(繡軒, 수놓은 휘장을 드리운 난간)에 앉아 계시다가 철쭉이 만발하였음을 보시고 시녀들에게 명하여 오언 절구를 지어 올리라 하시었습니다. 대군이 보시고 칭찬하며 말씀하셨습니다.

"너희들의 글이 날로 점점 발전하므로 내 매우 가상히 여기거니와, 다만 운영의 시에는 뚜렷이 사람을 그리워하는 뜻이 있구나. 전날 부연시에 있어서도 다소 그러한 뜻이 있었으나, 이제 또한 이와 같으니 네가 좇고자 하는 사람이 어떠한 사람이뇨? 김생의 상량문(上樑文, 상량식을 할 때 대들보를 올림을 축복하는 글. 여기서는 비해당을 지을 때 현판에 올린 글을 말함)에도 의심할 만큼 이상한 부분이 있었는데, 너는 김생을 생각하고 있지 아니하느냐."

이에 저는 즉시 뜰에 내려 머리를 땅에 대고 울면서 말했습니다.

"주군께서 한 번 의심을 보이시기에 곧 스스로 죽고자 하였으나 나이가 아직 삼십이 안 됐고, 또 부모님을 다시 뵙지 아니하고 죽으면 구천의 아래에 가서 여한이 남고 죽을 것입니다. 그러므로 여기까지 이르렀다가 또한 이제 의심을 나타냈사오니 한 번 죽기를 어찌 애석히 여기리까? 천지 귀신은 밝게 살피소서. 시녀 다섯 사람이 잠시라도 떨어지지 아니하였사온데, 더러운 이름이 홀로 저에게만 돌아왔사오니 살아도 죽는 것만 못하옵니다. 제가 이제 죽을 바를 얻었사옵니다."

바로 곧 비단 수건으로 스스로 난간에다 목을 매었더니 자란이 말했습니다.

"주군께서는 이와 같이 뛰어나고 총명하고, 무죄한 시녀로 하여금 스스로 죽을 땅에 나아가게 하시니, 이로부터는 저희들은 맹세코 붓을 잡아 글을 짓지 아니하겠습니다."

대군이 비록 크게 노하셨으나 마음속으로 정말로 죽이고 싶지는 아니하므로 자란으로 하여금 구하여 죽지 못하게 하셨습니다. 대군이 흰 비

단 다섯 필을 내어서 다섯 사람에게 나누어 주시면서 말씀하시길,

"가장 잘 짓는 사람에겐 이로써 상을 주리라."

하셨습니다.

이후로부터 진사는 다시는 출입하지 아니하고, 문을 닫고 병으로 누워 눈물이 베개와 이불을 적시었으니, 목숨은 가는 실과 같았습니다. 특이 와서 보고는 말했습니다.

"대장부가 죽으면 죽었지, 어찌 상사원결(相思怨結, 원망이나 슬픔을 생각함)을 참고서 초조하게 아녀자와 같이 상심하여 스스로 천금같이 귀한 몸을 버리려고 하십니까? 이제는 마땅히 계획으로써 취하기가 어렵지 아니하옵니다. 깊은 밤 고요할 때에 담을 넘어 들어가서 솜으로 입을 막고 업고 뛰쳐나오면 누가 저를 감히 좇겠습니까."

진사가 말하였습니다.

"그 계획도 또한 위험하다. 정성을 다하여 물어보는 것만 같지 못하다."

진사가 그날 밤 들어오셨으나, 저는 병이 들어 능히 일어나지 못하고, 자란으로 하여금 맞이해 들였습니다. 술 석 잔을 권하게 하고는 제가 보낸 봉서를 주며 말하였습니다.

"이후로는 다시 볼 수 없을 것이니 삼생(三生)의 인연과 백년의 가약이 오늘 밤으로 다한 것 같습니다. 혹 하늘의 인연이 끊어지지 않았으면 마땅히 구천의 아래에서 서로 찾게 되겠지요."

진사가 편지를 받고는 우두커니 서서 맥맥히 마주 보다가 가슴을 치고는 눈물을 흘리면서 나갔습니다. 자란은 처량하여 차마 볼 수 없어 기

둥에 기대어 몸을 숨기고 눈물을 뿌리며 서 있었지요. 진사가 집으로 돌아가서 봉서를 뜯어보았습니다. 그 사연은 이러하였습니다.

　박명한 첩 운영은 낭군의 다리 아래에 재배하옵니다. 제가 보잘것없고 천박한 자질로서 불행히 낭군님의 뜻에 거한 바가 되어 서로 생각하기를 몇 날이며, 바라보기를 몇 번이나 했는지요. 다행히 하룻밤의 즐거움을 나누었으나, 바다같이 깊은 정은 다하지 못하였습니다. 사람의 좋은 일에는 조물주의 시기함이 많사옵니다. 궁인들이 알게 되고 주군이 의심하시어 아침저녁으로 화가 닥쳐오니 이후로는 죽음뿐이옵니다. 엎드려 원하건대 낭군님께서는 밤에 작별한 후로 천한 저를 가슴에 품어 두고서 마음을 상하게 하지 마옵소서. 학업에 힘쓰셔서 과거에 급제하여 벼슬길에 오르고, 후세에 이름을 날리시어 부모님을 나타나게 하시옵소서. 저의 의복과 보화는 다 팔아서 부처님께 바치시어 온갖 것으로 기도하시고 지성으로 발원하시어 삼생의 미진한 연분을 후세에서나 다시 잇게 하여 주시면 좋겠습니다.

　진사는 능히 다 보지 못하고 기절하여 땅에 넘어지니, 집사람들이 급히 구하여 다시 깨어났습니다. 특이 바깥에서 들어와 말하기를,
　"궁인이 무슨 말로 대답하였기에 이렇듯 죽으려고 하십니까!"
하고 물었으나, 진사는 다른 말은 하지 않고 다만 한 가지만 말했습니다.
　"재물과 보화는 네가 잘 지키고 있느냐? 내 장차 팔아 가지고 부처님에게 정성스럽게 바쳐서 오랜 약조를 지키리라."
　특이 집으로 돌아와서 혼자 생각하며 말하기를,
　"궁녀가 나오지 아니하니 그 재물과 보화는 하늘과 나의 것이겠지."

하며 벽을 향하여 남몰래 웃었으나 사람들은 까닭을 알 수 없었습니다.

특이 김 진사를 모함하여 보물을 빼앗다

하루는 특이 스스로 옷을 찢고 스스로 코를 때려 피가 흐르게 하고, 온몸을 더럽히고 머리를 흩뜨리고 맨발로 뛰어 들어와서는 뜰에 엎드려 울면서 말하기를,

"제가 강도의 습격을 받았습니다."

하고는 다시 말을 하지 않고 마치 기절한 사람과 같이 하니, 진사는 특이 죽으면 보화를 묻어 둔 곳을 알지 못할 것을 걱정하여 친히 약물을 달여 여러 방법으로 구하여 살려 냈습니다. 술과 고기를 줘 먹게 하니 십여 일 만에 일어나서 말하기를,

"외로이 한 몸이 홀로 산중에서 지키고 있는데, 도적떼들이 갑자기 습격해 왔습니다. 기세가 곧 맞아 죽겠기에, 목숨을 걸고 도망해 와서 겨우 실 같은 목숨을 보존하게 되었습니다. 만일 그 보화가 아니었다면 제가 어찌 이와 같은 위험이 있으리까? 그러하오나 명령을 어김이 이와 같으니 어찌 빨리 죽지 않을 수 있겠습니까!"

하고는 발로 땅을 구르며 주먹으로 가슴을 치면서 통곡을 하니 진사는 부모님이 알까 봐 두려워 따뜻한 말로 위로하여 그를 보냈다고 합니다.

그 후 진사는 특이 한 소행을 알고 종을 십여 명의 거느리고 가서 불의에 그 집을 둘러싸고 수색을 하였으나, 다만 금팔찌 한 쌍과 운남보경(雲南寶鏡, 운남의 보물 거울) 하나가 있을 뿐이었습니다. 그것을 장물(臟物)로

삼아 관가에 고소하여 찾아내고자 하나 일이 샐까 봐 두려웠습니다. 그 물건을 얻지 못하면 부처님께 공양할 것을 구할 수 없었습니다. 특을 죽이고 싶었으나 힘으로 능히 그를 제압할 수 없어서 입을 다물고 묵묵히 말하지 않았습니다. 특이 스스로 그 죄를 알고는 궁 담장 밖에 있는 맹인한테 가서 물었습니다.

"내가 최근에 궁 담장 밖을 지나다가 어떤 사람이 궁중에서 담을 넘어 나오기로, 나는 도둑인 줄로 알고 큰 소리를 내면서 뒤를 쫓았습니다. 그놈이 가지고 있던 물건을 버리고 달아났습니다. 내가 그것을 가지고 돌아와서 감추어 두고 본래 주인이 오기를 기다리고 있었습니다. 우리 주인이 방구석에서 무엇을 찾다가 내가 물건을 주워 왔다는 말을 듣고 와서 찾아 내놓으라 하기에 내가 답하기를 다른 재화는 없고 다만 팔찌와 거울 두 개뿐이라 했더니, 주인이 몸소 들어와서 찾다가 과연 두 물건을 가져갔습니다. 또한 마음이 차지 않아 바야흐로 나를 죽이고자 합니다. 제가 달아나고자 하니 잘되겠습니까?"

맹인이 말하기를,

"잘될 거요."

하니, 그 옆에 있던 사람들이 그 말을 다 듣고는 특에게 말하기를,

"네 주인이 누구냐? 종을 그렇게 학대하는가?"

하고 물었습니다. 특이 말하기를,

"우리 주인은 나이는 어리지만 글에 능하며, 조만간 당당히 급제할 것이오나, 탐욕이 그와 같으니 다른 날 조정에 설 때의 용심(用心, 마음 씀씀이)을 가히 알 수 있습니다."

하고 대답했습니다.

안평대군이 모든 사실을 알게 되자, 운영은 자결한다

이 말이 널리 전하여져 궁중에도 들어가니 궁인이 대군에게 고하였습니다. 대군이 크게 화를 내시면서 남궁 사람으로 하여금 서궁을 찾아보게 하시니 저의 의복과 보화가 다 없었습니다. 대군이 서궁의 시녀 다섯 명을 뜰 가운데 불러 놓고 형장(刑杖, 죄인을 신문할 때에 쓰던 몽둥이)을 눈앞에다 엄하게 갖추어 놓고는 명을 내려 말씀하시기를,

"이 다섯 명을 죽여서 다른 사람으로 경계하도록 하라."

하시고는, 또 집장(執杖, 곤장을 잡은 사람) 한 사람에게 명하여 말씀하시길,

"때리는 수를 헤아리지 말고 죽을 때까지 쳐라."

이에 다섯 명이 호소하기를,

"원하건대 한마디만 하고 죽게 하소서."

하니 대군이 말씀하시기를,

"말할 바가 무엇이냐? 그 사정을 다 말하라."

하셨습니다.

은섬이 올리니 이러했습니다.

"남녀의 정욕은 음양이 내려 주는 것으로 귀천을 막론하고 사람은 누구나 다 가지고 있습니다. 심궁에 갇혀 홀로 그림자를 짝으로 삼아 꽃을 봐도 눈물이 눈을 가리며 달을 대하여도 넋을 잃어 사람의 즐거움을 아는 것이 좋으나 할 수 없으니, 힘으로 할 수 없으며 마음으로 참을 수 없

는 것을 어찌하리까? 오직 주군의 위엄을 두려워하여 마음을 견고히 지키니 여위어 죽을 것입니다. 궁 안의 일로 지금 죄를 범한 바가 없음에도 불구하고 죽여 땅에 묻고자 하시니 저희들은 죽어서 황천 아래에서도 눈을 감을 수 없습니다."

비취가 올리니 이러했습니다.

"주군께서 사랑해 주신 은혜는 산보다 높고 바다보다 깊습니다. 저희들이 두려워하여 오직 문묵(文墨)과 현가(絃歌, 거문고와 노래)에 종사하고 있을 뿐입니다. 이제 씻을 수 없는 악명이 서궁에 미치고 말았사오니 살아도 죽은 것만 같지 않습니다. 오직 엎드려 빌건대 빨리 죽을 땅으로 가게 하여 주옵소서."

자란이 올리니 이러했습니다.

"오늘 일은 죄가 헤아릴 수 없는 데 있사오니, 마음속에 품고 있는 바를 어찌 차마 숨기겠습니까. 저희들은 여항(閭巷, 백성들이 모여 사는 곳)의 천녀(賤女, 천한 여자)로서 아버지가 대순(大舜, 순 임금)이 아니고 어머니가 이비(二妃, 순 임금의 두 부인 아황과 여영)가 아닌즉, 남녀의 정욕이 어찌 저희에게만 없겠습니까? 목왕(穆王, 주나라 목왕)도 천자로서 매양 요대의 즐거움을 생각하였고(주목왕이 곤륜산 요대에서 서왕모를 만났다는 고사가 있음), 항우 같은 영웅도 휘장 안에서 눈물을 금하지 못하였으며, 주군께서는 어찌하여 운영으로 하여금 홀로 운우의 정(운우지정[雲雨之情] : 남녀 간의 사랑)이 없다고 할 수 있사옵니까? 김생은 곧 당대의 단정한 선비입니다. 당 안으로 끌어들인 것도 주군께서 하신 일입니다. 운영에게 명하여 벼루를 받들게 한 것도 주군의 명이었습니다. 운영이 오래도록 심궁에 갇히어 있으면서 달 밝은 가을 꽃 피는 봄날이면 매양 마음을 상하였고, 오동잎에 떨어지는 밤비에 몇 번이나 애를 끊었습니다. 한 번 호협한(호방하고 의협심이 있는) 남성을 보고 나서는 상심하여 실성하고 병이 골수에 사무쳐서, 비록 살아가는 즐거움이 길다고 하나 그 효력을 보기 어렵게 되었습니다. 하룻저녁에 아침의 이슬과 같이 죽어지면 주군께서 비록 측은한 마음이 있어 돌보고자 하신들 무슨 소용이 있겠습니까? 저의 어리석은 생각으로는 한 번 김생으로 하여금 운영을 만나보게 해서 두 사람의 맺혀진 원한을 풀어 주실 것 같으면 주군의 쌓은 선이 막대할 것입니다. 전날 운영의 훼절(毁節, 절개나 지조를 깨뜨림)한 죄는 저에게 있고 운영에게는 없습니다. 저의 한마디로 위로는 주군을 속이지 아니하고 아래로는 동료를 저버리지 아니할 것이니, 오늘의 죽음은 죽어도 또한 영광이라 생각하옵니다. 엎드려 바라건대 주군께서는 저의 몸으로써 운영의 목숨을 이어 주시옵소서."

옥녀가 올리니 이러하였습니다.

"서궁의 영광을 저도 이미 함께하였으니, 서궁의 액운을 저만 홀로 면할 수 있습니까? 곤강(崑岡)이 불에 타니 옥석도 함께 불탔습니다(화염곤강옥석구분[火焰崑岡玉石俱焚] : 곤산에 불이 나면 옥과 돌이 함께 불타 버리듯, 일을 잘못 처리하여 옳은 사람이나 그른 사람이 구별 없이 모두 재앙을 받음을 이르는 말). 오늘의 죽음은 그 죽을 바를 얻어 죽는 것입니다."

제가 올리니 이러하였습니다.

"주군의 은혜는 산과 같고 바다와 같사온데, 능히 정절을 굳게 지키지 못하였사오니 그 죄가 하나입니다. 전날에 글을 지을 때, 주군께서 의심하셨는데 바로 고하지 않고 끝내었으니 그 죄가 둘이옵니다. 서궁의 무죄한 사람들이 저로 인하여 그 죄를 같이 받게 되었으니 그 죄가 세 번째이옵니다. 이와 같이 큰 죄를 셋이나 지었으니 또한 어찌 얼굴을 들고 살겠습니까? 만약 혹 죽이지 않고 살리신다 하더라도 제가 마땅히 스스로 죽을 것이니 이로써 처분을 기다리겠습니다."

대군이 보기를 마치시고 또 자란이 올린 글을 다시 살펴보시니 노여운 빛이 점점 걷혔습니다.

소옥이 무릎을 꿇고 앉아 울면서 고하였습니다.

"전날 빨래하러 갈 때 성안으로 가지 말자고 한 것은 저의 의견이었습니다. 자란이 밤에 남궁으로 와서 매우 간절히 청하기에 제가 그 뜻을 안타깝게 여겨 모두의 의견을 물리치고 따랐사옵니다. 운영의 훼절은 그 죄가 저에게 있사옵고 운영에게 없습니다. 엎드려 바라건대 주군께서는 저의 몸으로써 운영의 목숨을 이어 주시옵소서."

대군은 노여움이 점점 풀어지자 저를 별당에다 가두고 다른 궁녀들은 모두 돌려보냈습니다. 그날 밤 저는 비단 수건으로 목매어 자결했습니다.

김 진사가 특에게 운영을 위해 불공을 드리라고 명하다

진사는 붓을 잡아 기록하고 운영은 옛일을 끌어내어 이야기하는데 매우 자세히 끝까지 말하였다. 두 사람은 서로 마주 보고 슬픔을 스스로 억제하지 못하였다. 운영이 진사보고 말하였다.

"이후부터는 낭군님께서 이야기하세요."

진사가 말하였다.

운영이 자결한 후 모든 궁인들이 서럽게 통곡하지 않는 사람이 없어 부모님이 돌아가신 것같이 했습니다. 곡성이 궁문 밖에까지 들려 저도 또한 듣고서 오래도록 기절하여 있었습니다. 집사람들이 장차 초혼(招魂, 사람이 죽었을 때에, 그 혼을 소리쳐 부르는 일)하고 발상(發喪, 초혼 이후 상제가 머리를 풀고 슬피 울어 초상난 것을 알리는 절차)할 준비를 하는 한편 살려 내기에 힘쓰니, 해질 무렵에서야 겨우 깨어났습니다. 정신을 차리고 스스로 생각해 보니 모든 일이 이미 끝난 것 같았습니다. 부처님께 공양하겠다던 약속을 저버릴 수 없어 구천의 영혼을 위로해주고자 그 금팔찌와 보경과 문방제구(文房諸具)를 다 팔아 가지고 쌀 사십 석을 샀습니다. 청녕사로 보내어 부처님께 진설하고자 하였으나 믿을 만한 심부름꾼이 없기로 특을 불러 말했습니다.

"내 전날의 죄를 전부 용서해 줄 것이니, 이제 나를 위하여 충성을 다하겠느냐?"

특이 엎드려 울면서 대답하였습니다.

"종이 비록 어리석고 완악하나 또한 목석이 아니옵니다. 한 몸에 지은 죄가 머리카락을 다 뽑아 헤아려도 어려우니 이제 용서하여 주심은 고목에 잎이 나고 백골에 살이 붙는 것과 같습니다. 감히 진사님을 위하여 죽지 않겠습니까!"

그래서 제가 말했습니다.

"내가 운영을 위하여 부처님께 초례(醮禮, 제사)를 베풀어 놓고 불공을 드려 이로써 원을 빌기를 바라나 신임할 만한 사람이 없으니 네가 가지 않겠느냐?"

특이 말하였습니다.

"삼가 분부를 받들겠습니다."

즉시 절로 올라가서 삼 일을 궁둥이를 두드리면서 누워 놀다가 중을 불러 일렀답니다.

"사십 석의 쌀을 어디에 쓰겠소? 다 부처님에게 바치겠는가? 오늘은 술과 고기를 많이 장만해 널리 속객(俗客, 속세의 손님)을 불러 먹이는 것이 좋겠소."

그러고는 마을 여인이 지나가는 것을 보고 강제로 겁탈하여 승당(僧堂)에서 머물며 지내니 이미 수십 일이 지났으나 재를 올릴 뜻이 없더랍니다. 중들이 모두 분하게 여기다가 그 초례를 세울 날이 되어 중들이 말했답니다.

"불공하는 일은 시주가 중요한데, 시주가 이와 같이 불결하여 일이 극히 편치 않으니, 저 맑은 시내에 가서 목욕하여 몸을 깨끗이 하고 예를 행함이 좋겠다."

특은 마지못해 나가 잠시 물로 씻고 들어와서는 부처님 앞에 꿇어앉아서 빌었습니다.

"진사는 오늘 빨리 죽고 운영은 내일 다시 살아나 특의 짝이 되게 하여 주소서."

이와 같이 삼 일을 밤낮으로 빌면서 하는 말이 오직 이것뿐이었답니다. 특이 돌아와서 저에게 말하였습니다.

"운영 아씨는 반드시 살 길을 얻을 것입니다. 재를 올리던 밤에 저의 꿈에 나타나서 말씀하시길, '지성으로 공양해 주니 감사한 마음 다할 수 없다'고 하면서 절하시고 또 우셨으니, 중의 꿈도 또한 그러하였다고 합니다."

저는 그 말을 믿었습니다.

김 진사가 운영에 대한 그리움으로 식음을 전폐하다

마침 계수나무가 누렇게 익는 계절이었습니다. 비록 과거에 나아갈 뜻은 없었으나, 마음을 가다듬고 독서를 하려고 청녕사에 올라가서 수 일을 묵었습니다. 그동안 특이 한 일을 자세히 듣고는 분함을 이기지 못하였으나, 특이 없으니 어찌할 수 없었습니다. 목욕하여 몸을 깨끗이 하고 부처님 앞에 나아가 절을 하고, 머리를 두드리며 향을 사르고 합장하며 빌었습니다.

"운영이 죽을 때의 약속이 처량하여 차마 저버릴 수 없어 종 특으로 하여금 지성으로 재를 올려 명복을 빌게 하였습니다. 그러나 이제 축언(祝言, 축원하는 말. 여기서는 특의 축언)을 들으매 그 패악(悖惡, 사람으로서 마땅히 하여야 할 도리에 어그러지고 흉악함)함이 이루 말할 수 없고, 운영의 유언을 헛된 곳으로 다 돌아가게 했으니 소자가 감히 무슨 면목으로 축언하리이까. 능히 운영으로 하여금 다시 살아나게 하시어 김생으로 하여금 이 원통함을 면하게 하여 주옵소서. 또 엎드려 바라건대 부처님께서는 특을 죽이시어 쇠칼을 씌워 지옥에다 가두어 주시면 이 은혜를 갚겠나이다."

빌기를 마치고 일어나 머리가 땅에 닿도록 백배의 절을 하고 나왔습니다. 그 후 칠 일 만에 특이 우물에 빠져 죽었습니다. 이런 후로부터 저는 세상일에 뜻이 없어 목욕하여 몸을 정결히 하고 새 옷으로 갈아입고 고요한 방에 누워 사 일을 먹지 않았으니 한 번 깊이 탄식하고는 마침내 다시 일어나지 못할 몸이 되고 말았답니다.

유영, 운영과 김 진사의 사랑을 기록으로 남기다

쓰기를 마치자 붓을 던지고 두 사람은 서로 마주 보고 슬피 울면서 능히 스스로를 그칠 줄을 몰랐다. 유영은 위로의 말을 해 주었다.

"두 사람이 다시 만났으니 바랄 게 없겠소. 원수인 종도 이미 없어졌고 분하고 한탄할 일도 사라졌소. 그런데 어찌 비통함을 그치지 못하는 것이오? 다시 인간에 나오지 못하여 한이 된 것이오?"

김생이 눈물을 흘리면서 사죄하고 말하였다.

"우리 두 사람은 다 같이 원한을 품고 죽었습니다. 염라대왕이 무죄함을 불쌍히 여겨 다시 인간 세상에 태어나도록 하고자 했습니다만 지하의 즐거움이 인간의 세계보다 적지 않은데, 하물며 천상의 즐거움이야 어떠하겠습니까! 이로써 세상에 나아가기를 원하지 않았습니다. 다만 오늘 저녁 슬퍼하고 아파하는 것은 대군이 한 번 돌아가시자 고궁에 주인이 없고 까마귀와 공작이 슬피 울고, 사람의 자취가 이르지 아니하기에 극히 슬퍼했을 뿐입니다. 하물며 새로 병화를 겪은 후로 화려하던 집은 재가 되고, 분분하던 담장은 헐리었습니다. 오직 섬돌 위에 피어 있는 꽃만이 향기롭게 우거져 있고, 뜰에는 풀숲이 가득하여 봄빛을 밝히고 있으니, 그 옛날의 경치를 공경하여 바꾸지 아니하였다고는 하나 세상의 일이 이와 같이 쉽게 변하였습니다. 다시 와 옛일을 생각하니 정녕 슬프지 않겠습니까!"

유영이 말하였다.

"그러면 그대들은 모두 천상의 사람인가?"

김생이 말하였다.

"우리 두 사람은 본래 천상의 선인으로서 오래도록 옥황상제를 모시고 있었습니다. 하루는 상제께서 태청궁에 앉아 저에게 옥동산의 과실을 따 오라 명하시기로 제가 옥과 같이 아름다운 복숭아를 훔쳐 가지고 왔습니다. 그래서 운영과 같이 먹다가 들켜 인간 세상에 내려와 준비가 될 때까지 인간의 괴로움을 골고루 겪은 것입니다. 이제 옥황상제께서 전의 허물을 용서하사 삼청궁으로 올라가서 다시 옥황상제의 향안(香案, 제사 때 향로를 올리는 상) 앞에서 상제를 모시게 되었기로, 돌아가는 이때를 타서 바람의 수레를 타고 다시 세상에서 옛날에 놀던 곳을 찾아와 보았을 뿐입니다."

이내 눈물을 뿌리면서 유영의 손을 잡고 또 말했다.

"바다가 마르고 돌이 불에 타 버린들 우리들의 사랑은 사라지지 않을 것이요, 또 땅이 늙고 하늘이 거칠어진들 우리들의 원한은 지우기 어려울 것입니다. 오늘 저녁에 서로 만나 함께 거짓 없이 답답함을 늘어놓으니 속세의 인연이 있지 않으니 어찌 얻겠습니까? 엎드려 바라건대 존군(尊君)께서는 이 원고를 거두어 가지고 돌아가시어 썩지 않도록 전해 주시고, 경솔한 사람들의 입에 전하여 이것을 바탕으로 희롱하여 놀지 않도록 하여 주시면 매우 다행이겠습니다."

진사는 취하여 운영에게 기대며 시 한 구절을 읊었다.

> 꽃이 떨어진 궁중에 제비와 공작이 날고
> 봄빛은 예와 같건만 주인은 간 곳 없구나.
> 중천에 솟은 달빛은 차기만 한데
> 푸른 이슬은 아직 우의를 적시지 않았네.
> 花落宮中燕雀飛　春光依舊主人非
> 中宵月色凉如許　碧露未沾翠羽衣

운영이 이어서 읊었다.

> 고궁의 버들과 꽃은 봄빛을 새로 띠고
> 천년만년 우리 사랑 꿈마다 찾아오네.
> 오늘 저녁 와 놀며 옛 자취 찾아보니
> 막을 수 없는 슬픈 눈물은 수건을 적시네.
> 故宮柳花帶新春　千載豪華入夢頻
> 今夕來遊尋舊跡　不禁哀淚自沾巾

유영도 또한 취하여 잠깐 누워 있다가 산새 우는 소리에 깨어나 보니 구름과 연기가 땅에 가득하고 새벽빛은 창망(滄茫)한데 사방을 살펴보아도 사람은 보이지 않고, 다만 김생이 기록한 책자만이 있었다. 유영은 슬픔에서 빠져나오기 힘들었지만 신책(神冊, 신의 책)을 거두어 가지고 돌아왔다. 장 속에 감추어 두고 때때로 꺼내 보고는 망연히 실망하여 잠도 먹는 것도 모두 그만두었다. 후에 명산을 두루 돌아다녔으나, 그 결론을 알 수 없다.

이야기 따라잡기

  가난한 선비 유영은 수성궁에 놀러 갔다가 자신의 남루하고 초라한 모습을 보고 다른 선비들이 놀리는 것 같아 따로 떨어져 혼자 풍경을 감상한다. 술에 취해 잠들었다가 깨어난 유영은 주위에 아무도 없는 것을 발견하고 일어서려다 한 젊은 소년과 아름다운 여인을 발견한다. 그리고 두 사람으로부터 한 이야기를 듣게 된다.

  세종대왕의 셋째 아들 안평대군은 수성궁이라는 궁궐을 짓고 살면서 열 명의 궁녀를 뽑아 글을 가르쳤다. 열 명의 궁녀는 고전을 배우고 시를 지으며 바깥 출입을 하지 못한 채 궁 안에서만 생활해야 했다. 성삼문 등 문사들이 찾아와도 안평대군은 궁녀들의 시만 보여 주고 궁녀들의 존재는 감춘다.

  그러던 어느 날 안평대군은 재주가 뛰어나기로 유명한 김 진사를 궁으로 불러들인다. 나이가 어린 김 진사이기에 안평대군은 궁녀들을 숨기지 않고 김 진사의 뛰어난 문장 실력과 학식을 함께 감상한다. 김 진사가 글을 쓰다가 우연히 운영의 손에 먹물이 튀는데 운영은 이에 감격하여 손을 씻지 않는다. 김 진사가 잠시 수성궁에 들렀을 때 운영은 자신의 마음이 담긴 편지를 김 진사에게 몰래 전해 준다.

운영에게 답을 하기 위해 고심하던 김 진사는 수성궁에 자주 들락거리린다는 무녀를 찾아간다. 매일 찾아가기만 하고 아무 말도 하지 못한 채 고민을 하다가, 결국 무녀의 독촉에 사연을 이야기하고 편지 전달을 부탁한다. 김 진사의 부탁을 받은 무녀가 운영에게 편지를 전해 주어 둘은 서로의 마음을 확인하게 된다.

한편 궁녀 자란은 운영의 마음을 알고 두 사람이 서로 만날 수 있도록 도와주기 위해 중추절 빨래를 하러 소격서동으로 나가자고 제안한다. 하지만 다른 궁녀가 반대하자, 자란이 나서 설득하고 김 진사와 무녀가 만날 수 있게 도와준다. 그리하여 운영과 김 진사는 무녀의 집에서 몰래 만나게 된다.

하인 특의 도움을 받아 김 진사는 사다리를 타고 궁의 담을 넘어 들어가 운영과 인연을 맺지만, 두려움으로 인해 고민하게 된다. 특은 두 사람에게 도망가라고 제안하고, 이를 받아들인 김 진사와 운영은 우선 운영의 재물을 궁 밖으로 빼낸다. 특은 이를 보관해 준다는 핑계로 모두 빼돌린 후 김 진사를 모략하여 두 사람 사이의 일이 안평대군의 귀에 들어가게 한다.

운영의 시와 김 진사의 시를 보고 둘의 사이를 의심하던 안평대군은 특이 퍼뜨린 소문을 듣고 궁녀들을 문책한다. 자신 때문에 동료 궁녀들까지 벌을 받게 되자 운영은 스스로 목숨을 끊는다.

운영의 자결로 실의에 빠진 김 진사는 특에게 운영을 위해 불공을 드리라고 명하지만 특은 시주를 모두 가로채고 방탕한 생활을 한다. 이 사실을 안 김 진사는 특을 저주하고, 특은 우물에 빠져 죽는다. 그 후에 김 진사 또한 식음을 전폐하고 죽는다.

유영이 그들의 정체를 의아해하자, 둘은 천상의 선인인데 같이 복숭아를 훔쳐 먹다가 걸려 지상으로 내려온 것이라고 말한다. 다시 천상계로 돌아가지 않고 남아 있는 것은 둘의 이야기를 전해 주기 위한 것이며 둘의 사랑은 영원할 것이라고 말한다.

쉽게 읽고 이해하기

남녀 간의 지고지순한 사랑

「운영전」은 작가 미상(소설 속의 화자인 유영이 작가라고도 함)의 고전소설
로 창작 연대는 조선 숙종 때(17세기) 정도로 보고 있다. 작품의 시대적
배경은 등장인물을 통해 알 수 있는데 세종의 셋째 아들인 안평대군
(1418~1453)과 선조 시기의 문인이었던 유영(1553~1616)이라는 실존 인물
들이 등장하기 때문이다.

정리하면 「운영전」은 유교적 관념이 지배적이었던 조선 시대를 배경
으로 선비와 궁녀의 이루어질 수 없는 사랑을 다루고 있는 작품이다. 궁
녀는 궁에 소속된 사람으로 결혼을 할 수 없다. 왕이나 왕자가 아닌 다
른 사람을 사랑한다는 것은 죽음을 당할 수도 있는 큰 죄이다. 따라서
궁녀인 운영이 바깥사람인 김 진사를 사랑하는 것은 중죄에 해당하는
일이다. 거기에다 안평대군이 궁녀들에게 다른 사람과의 만남을 금하
였으므로 더더욱 있을 수 없는 일인 것이다.

그러나 이루어질 수 없는 사랑은 두 사람을 더욱 지고지순하게 만든

다. 운영은 스스로 목을 매달아 죽고 김 진사는 식음을 전폐하여 죽는다. 결국 안평대군에게 자신들의 관계를 들킨 두 사람은 죽음을 맞이하게 되는 것이다. 그러나 이 소설은 이렇게 죽음으로써 비극적 결말을 맺지는 않는다. 그들은 원래 천상의 인물로 죄를 짓고 인간 세상에 유배를 와 있었던 것으로 설정되어 있다. 즉 현실의 죽음은 죽음이 아니라 천상으로의 귀환이다. 따라서 그들의 죽음은 그들의 영원한 사랑을 가능케 한다.

밖의 현실과 안의 꿈

이 소설은 액자식 구성으로 내화(안의 이야기)와 외화(밖의 이야기)로 나누어진다. 외화는 현실의 세계로 유영이 수성궁에 놀러 가서 운영과 김 진사를 만나는 이야기이고, 내화는 운영과 김 진사의 사랑 이야기다. 즉 외화는 현재라는 시간과 현실의 세계라는 공간을 배경으로 하고 있다면 내화는 과거라는 시간과 환상의 세계, 혹은 꿈의 세계를 배경으로 몽유록적 성격을 보여 주고 있다.

이러한 특성은 인물에서도 드러난다. 외화에서 이야기를 끌어가는 유영은 조선 시대에 실존했던 문인이다. 반면 내화에서 이야기를 끌어가는 두 주인공은 천상의 인물로 실존 인물이 아닌 가상의 인물이다. 즉 현실이 이야기는 실존 인물을 등장시켜 더욱 사실성을 부각시키고, 과거의 이야기는 가공 인물을 통해 환상성을 부각시킨다.

이러한 구조적 특성은 액자식 구성뿐 아니라 몽유 구조, 환혼 구조의 특성을 살린 것으로 현실(현재)의 세계와 꿈(과거)의 세계를 나누고, 영혼의 세계와 인간의 세계로 나누어 각각의 이야기를 구성하는 것과 동일하다. 그러나 이 두 세계는 완벽하게 나누어지지 않는다. 이 두 세계는 현실의 인물과 가공의 인물이 만나는 지점에서 연결된다. 이 지점은 두 세계가 나누어지는 부분이기도 하고 합쳐지는 부분이기도 하다. 유영이 홀로 거닐고 있을 때의 현실 세계는 운영과 김 진사를 만남으로써 환상의 세계로 빠져든다. 반대로 환상의 세계에서 현실의 세계로 돌아올 때는 두 사람이 이야기를 마치고 유영에게 자신들의 이야기를 기록해 신책으로 남겨 줄 때이다. 이 작품은 이러한 구조를 통해 이루어질 수 없는 사랑을 영원한 사랑으로 승화시킨다.

시를 통한 심리 보여주기

이 소설에는 한시가 많이 삽입되어 있다. 이 한시는 인물들의 심리 상태를 보여 준다. 안평대군은 운영이 지은 시에서 누군가를 그리워하는 운영의 마음을 알아차린다. 또한 김 진사의 시를 듣고 안평대군은 마치 탐정처럼 그에게 은밀히 사랑하는 사람이 있음을 눈치챈다. 즉 삽입된 시를 통해 인물들의 심리를 보여 줄 뿐만 아니라 사건의 내용을 전개하거나, 의미를 뒷받침한다.

이러한 특성은 김시습의 한문소설『금오신화』에도 나타난다.『금오신화』역시 몽유 구조와 환혼 구조로 이루어져 있으며 삽입된 한시를 통해 인물들의 심리를 보여 주고 있다.

베개에 기대도 이루지 못함은 호접몽이요
눈을 돌려 남쪽 하늘 보니 외기러기도 날지 않네.
님의 얼굴 눈앞에 있는데 어이 그리 말 없는가
푸른 숲 꾀꼬리의 울음 들으니 눈물이 옷깃을 적시누나.

　이러한 한시의 삽입은 사건만 전개되던 글의 단조로움을 벗어나게 해 주며 단순한 서술보다 함축된 의미를 통해 주제의 의미를 더욱 부각시켜 준다. 서술로서 운영의 마음을 전하는 것보다 시로 자신의 심리 상태를 표현하여 님에 대한 그리움과 애절함을 더욱 극대화하고 있다.

사랑에 의해 행해지는 것은 언제나 선악을 초월한다.
— 프리드리히 니체(독일의 철학자, 1844~1900)

www.prun21c.com

www.prun21c.com

www.prun21c.com

www.prun21c.com